U0595447

你不必着急成为一个大人

马家辉　张家瑜——著

SPM 南方传媒 | 花城出版社
中国·广州

图书在版编目（CIP）数据

你不必着急成为一个大人 / 马家辉，张家瑜著. --广州 : 花城出版社，2025.1
ISBN 978-7-5360-9676-9

Ⅰ. ①你… Ⅱ. ①马… ②张… Ⅲ. ①散文集－中国－当代 Ⅳ. ①I267

中国版本图书馆CIP数据核字(2022)第023405号

出 版 人：张　懿
责任编辑：殷　慧
责任校对：衣　然
技术编辑：林佳莹
图书监制：马利敏　孙文霞
特邀编辑：孙文霞　刘文文
封面插图：郑耀龙
封面设计：吉冈雄太郎
版式设计：吉冈雄太郎　姜　楠

书　　名：你不必着急成为一个大人
NI BUBI ZHAOJI CHENGWEI YIGE DAREN
出版发行：花城出版社
（广州市环市东路水荫路 11 号）
经　　销：全国新华书店
印　　刷：三河市宏图印务有限公司
（河北省三河市杨庄镇杨庄村）
开　　本：880 × 1230 毫米　32 开
印　　张：9.5 印张
字　　数：210,000 字
版　　次：2025 年 1 月第 1 版　2025 年 1 月第 1 次印刷
定　　价：59.80 元

如发现印装质量问题，请直接与印刷厂联系调换。
购书热线：020-37604658　37602954
花城出版社网站：http://www.fcph.com.cn

关于“成为”的好消息和坏消息

——写在《你不必着急成为一个大人》前面

马家辉

大概十六七岁的时候吧，父亲嘱咐我打电话给一位报社编辑代为转达一些事情。挂线后，我既惊讶又略带喜悦地对父亲说，啊，他竟然称呼我为“马先生”。父亲回应道：“你替我处理正经的事，他把你看成大人，很正常呀。”

那一刻，我明白了什么叫作“角色期待”。

所谓“大人”，与其说是年纪，毋宁说是期待。期待，可以跟年纪有关，却又不一定有关。你成年了，或者看起来成年了，别人自会期待你的言行举止像个“大人”，说该说的话，做该做的事；或者倒过来，不该说和不该做的不说不做，大人应有大人的模样、社会共识上的模样，否则，便是孩子气，便是幼稚，便是天真。而这些都不算是好的印象。

角色期待当然不限于年龄，任何关系网络都涉及角色，有角色便有身份，有身份便有期待。所以，你要做丈夫该做的事、妻子该做的事、媳妇女婿该做的事、男性女性该做的事、父亲母亲该做的事、上司下属该做的事、老师学生该做的事、善人恶人该做的事、国民公民该做的事……重重叠叠的角色期待像蜘蛛网般把你缠住困住，而你茫然不察，或者察而无所谓，甚至做得非常自在，仿佛天经地义。一旦违逆，往往遭受有形无形的惩罚和压力，别人施诸你身上的、你加诸自己心里的，都逃不掉。

说句公道话，先说好消息：角色期待减轻了你的“行为抉择成本”，不必多想、多问，只要依随一般期待去做便是了。期待如同轨道，由前人和大多数人所践踏出来，它安全稳当，它省事省心，它是你的生活指南针。然而，坏消息来了：角色期待其实扼杀了你许许多多的创造力，行动上的、精神上的，它设定了想象的界限，但生命之所以有趣，本该是被容许，也被鼓励去想象那想象不到的（imagine the unimaginable, think the unthinkable），去开拓生命的各个层面的各种可能性。角色期待偏偏替你设下一道道的隐形关卡，我们习惯了它而不自知，或者即使知道了亦无胆量去触碰期待界限以外的可能性，浪费、可惜、遗憾，而这，是最普遍的无奈现实。

从这角度看，《你不必着急成为一个大人》这书名，之于我，关键字并非“着急”或“大人”，而是“成为”。

“成为”，becoming，乍听是自然生成的事情，但其实隐藏着太多的框限与掣肘、引导与规范、压力与压抑，becoming 渐渐取代了 being，我们不知不觉地为了“成为”而存在。这里面，有合理的地方，但为了所谓“合理”，你要付出许许多多的代价。当你渴望成为某些什么，其实表示你必须放弃成为另外一些什么，或至少要掩藏或延宕，甚至把成为另外一些什么的愿望彻底忘记。取舍之间，得了多少又失了多少，一言难尽，唯有寸心自知或知而不敢承认。

生命很难，难于我们都活在现实之中，不容易也没必要拒绝所有的“成为”期待。可是，若能对“成为”多存一份怀疑和省思，也许，我们的生命有机会变得更丰富、更多元、更立体。

所以，你手里的这本书并不只是一父一母为孩子而写的文章。它更是自我叩问之书。当谈及孩子，文章的本意通常是为了探究生命的各种可能和不可能、各种快乐与伤感、各种前因和后果。这里面的思考和反刍，不仅是对孩子的，亦是对我们自己的。我们如何“成为”父亲母亲，如何“成为”丈夫妻子，如何“成为”人子人女，如何“成为”老师学生……总之，我们真正想写的是，我们如何“成为”我们，以及我们在“成为”过程里所曾感受的挫败、成长、满足、失望，以及我们曾经有过的笑声和流过的泪水。

本书内所收文章，有新有旧：旧至三十年前，都发表过的；新至出版前的两三个月，从未出版过。这批新旧混杂的文章，绝非我们的生活总结，因为它们不够全面，而且，更重要的是，生活仍然一直在进行中。它们只不过是我们对生活的思索、记录、分享，且看能否跟读者产生某种联结。读后，就算你不认同或不喜欢，亦是另一种形式联结——至少你读过。

好了，序写完了，轮到你了，请开始翻页。感谢你“成为”我们的读者。

马家辉

第一章 远行

第二章　牵　绊

第三章　印　记

张家瑜

第一章 我们都在路上

第二章 看你 听你

马　家　辉

望着她走远的背影，如同好多年前望着她跨出生命的第一步，深深触动于生命变化的不可解。

一来一回，来来回回，何时笑、何时哭皆难预料。最要紧的是寻得分享的人，把故事跟对方说，痛苦会减半，欢愉会加倍，眼前的路也才有了值得走下去的理由。

第一章　远　行

偷听母亲

母亲节当天，人不在港，此前两日特地前往看望母亲。晚上九点多时分，到了她居住的大楼，搭电梯到她所住的楼层，穿过长长而阴暗的走廊来到她家门前，拉开铁闸，按了门铃，却无人应门。

没有意乱心慌，没有惧怕担心，只因“知母莫若子”，口水多过茶的她肯定又在“煲电话粥”。

果然，屋内传来她的声音，噼里啪啦地说个不停，母亲的嗓门向来响亮而尖亢，明明只是跟老友闲聊家常，听来却易让人误以为她们在吵架。

隔着木门，我抬高声调，喊道：“阿妈！阿妈！开门呀！”然而全无效果，她继续说，一直说，声浪彻底掩盖了我的呼唤。老话说“穷极喊天，痛极喊娘”，我打小已经明白，我喊娘是没用的，因为母亲只善于说话而无心聆听，我喊得再大声，她仍难听见。

本来我可以再用力拍门，再按爆门铃，再用最大的分贝不断喊娘，可是我选择不这么做，宁可呆呆地站在门外守候——等待她住嘴了，讲够了，电话收线了，才再呼唤她。

谁忍心打断她呢？煲电话粥的母亲，语调是如此愉悦、如此兴奋，情绪是如此激昂、如此投入，她和老朋友无所不谈，从前几日饮茶吃了什么点心，到打算过两天去吃什么西餐；从东家的长处，到西家的短处；从谁的儿子如何孝顺，到谁的女儿生了什么疾病……都谈到了，都被我偷听到了。刹那间，我发现她在平淡的日常生活以外有着另外一个丰富的世界，这世界虽然只存在她滔滔不绝的话语里，但之于她，却是真实无比的，给她带来极大的满足感。

坦白说，个中满足想必比跟我聊天要快乐十倍。每回当我跟她面对面坐下，总是她像独白般说个不停，而我总是自顾自地低头刷手机，只偶尔回应一句“嗯”，敷衍了事。“假装聆听”几乎是我在财务供养以外所能尽的“孝道责任”了，世间许多母子在感情上虽或“恩重如山”，在沟通上却往往只能“相敬如宾”，不冲突、不吵架已属难得，而我和她，不幸地，亦属此列。

所以这个晚上，我其实略感自豪，但更多的是感到温暖。我无法给母亲创造聊天的快乐，可是我付出了时间和耐心，不妨碍、不打扰她的聊天乐趣。我让她自在地、自由地跟老朋友聊个没完没了，她不知道，儿子独自站在幽暗的长廊里等待她挂线，等了整整十七分钟。

十七分钟之后，她住嘴了吗？

没有，只不过我决定先到附近的公园散步，为健康计，流一下汗，然后再去社区里的小店买些水果。她爱吃的杧果和葡萄，买了两大包，然后才再一次登门造访。此时已又过了大概四十分钟。当我重新来到她家门前，屋内总算没有声音。我按铃，她开门，惊讶地问：“咦，怎么这么晚还来看我？”

我笑而不答，进屋坐下，变成她今晚的另一个聆听者。

吃食里的旧情

父亲去世后的第二个父亲节，打算买些他生前喜欢的食物到墓园碑前鞠躬致敬，但想到，父亲似乎凡是食物皆喜欢，猪牛羊、有骨无骨、辣与不辣，都爱，若都要买，恐怕需在碑前摊出一桌满汉全席，不容易啊。唯有作罢。

也许，若真要买，不如去买些纸扎品，闻说已有“纸扎点心”和“纸扎火锅”之类祭品面世，大可去买一堆，在墓园的铁桶里点火燃烧，在红红火光中怀念父亲，让他在某个国度享受一个肚满肠肥的父亲节。

父亲爱吃却不懂吃，也不讲究吃。只要能够放进嘴巴的食物便放进嘴巴，来者不拒，非常随和。

父亲生前每当心情好或手头松，特别喜欢带妻儿去吃西餐。不幸的是，我母亲向来只爱吃中餐，所以坐在西餐厅里，照例口黑面黑。前阵子的一个星期天，我带母亲到太子站附近吃海南鸡饭，那是她的最爱。岂料她坐下后，点的却是南洋叻沙，并且边吃边忆述了一则陈年的“西餐爱情故事”。

那故事，男主角是我父亲，女主角是我母亲。母亲说，父亲几十年前对她展开追求的时候，第一次约会地点是湾仔的某间西餐厅。那天她来到门口，心里忐忑，犹豫了一阵，终于表明不想吃西餐，倒非因为喜欢不喜欢，只不过，自己是“工厂妹”，从未开过洋荤，不懂得用刀叉，担心失礼出丑。

“咁样，你想食乜？（这样啊，你想吃什么？）”男方问。

女方瞄见街角有间马来西亚餐厅，亦算是外国菜，便道：“吃那间吧，我未吃过，想试一试。”

于是两人推门进去，我母亲点了一客南洋叻沙，有汤有粉，最重要的是可以用筷子进食，她安心；我父亲另外替她点了半打沙嗲，有鸡有牛有猪，也合她的口味。

匆匆六十年过去，两人拍拖结婚，生儿育女，丈夫离开了，我母亲这天在南洋叻沙里思念故亲，胃口倒是不错。

圆桌梦里人

——在墓园里遇见的女子

曾在《圆桌派》节目里谈及一次略带凄凉的经历，忍不住把话语转录成文字，读一读，想象我的独特口音，也不错。

说起扫墓，我想到，前一阵子我很喜欢跟朋友分享一次经历。就在刚过去的春节，大年初一，家里要聚餐，和我妈妈、我姐姐一起打麻将，在香港是有这样的习惯。这是第一次没有我父亲的春节，她们在打麻将，我就一个人，去墓园祭拜父亲。父亲已经火化了，骨灰撒在了草地上，是绿色葬礼。可是在墓园墙上摆放着照片，我便去拜祭。大年初一的墓园是没有人的，只有我，我当然提心吊胆，很怕。

祭拜之后，我一转身看到一个女人，吓了一跳。那是一个中年女人，四十岁左右，她也看到我了。她原本站在另外一个墓碑墙壁前，好像在讲话。她看到我呢，好高兴，快步走过来，站在我面前，吓我一跳。大年初一，墓园，一个女人站你面前，你心里会有很多想法，对不对？我怕她对我图谋不轨，更怕她根本不是人。

她过来我这边，跟我讲话，都是有关日常生活的话。她说：“我今天很累，来到这里。来以前呢，我去了一个大排档，在路边摊吃饭，突然来了一只小狗，我不晓得该不该喂它什么……”

我大概听她讲了三四分钟的话吧，站在那边，心里突然发毛了，因为看她情绪越来越激动，我就想，她会不会是精神有问题，或者说根本不是人……于是我不听了，我失去耐性地敷衍她，我说对、不容易、不简单……把她挡掉，我就走了，还不敢等电梯，走楼梯下去。

重点在于，我走在路上，心里觉得很羞愧、很难过。为什么呢？我在想，可能这个女人，她来拜她父母亲，可能她在世界上没有任何熟悉的人，可能她是独生女儿，可能她刚刚告诉我的，什么吃大排档、有只狗，什么什么的，是她憋了一整天的心里的话，根本没人听她讲话，好不容易碰到一个陌生人，就跟他讲几句话。我很懊恼、很惭愧，为什么我不多拿出一些耐心来听她讲，为什么不慈悲一些呢？

这件事对我来说也有特殊意义。我女儿也是独生女，我隐约有点穿越时空的感觉，可能我现在已经到了另外一个时空：很久以后，我，还有她妈妈，都已经走掉了，我女儿也到了那个年纪，四十多岁，去墓园看我们，也没有人听她讲话，她突然看到一个人，然后去跟他讲话，我就是那个听她讲话的、未来的陌生人。那我为什么不愿意多听她讲话呢，她可能就是我未来的女儿……想到这儿，我就很难过了。

断亲与网亲

过完年开学，照例关心一下学生们的农历新年怎么过的，尤其是港漂内地生，颇想听听新世代在不同城市的独特过年经验。但常发现，他们的所谓独特往往都非常相似，大抵是，跟家人亲戚团聚，刚开始的两三天还算相处融洽，但到了第四天，开始吵闹了，甚至觉得父母亲嫌他们碍事，恨不得赶他们尽快回到香港，宁可平日用手机视频聊天来维系感情。

我只好提醒他们，老话说“相见好，同住难”，即使是父母子女之间亦如此，所以又有句老话说“相敬如宾”，虽指夫妻感情好，但从字面上看，亲人相处的态度，许多时候要像对待登门造访的客人，能够保持敬意已很难得。

有位学生听完，点头同意，也说了一个颇有意思的体会。她说：“离开家里半年，算是最久的一次，这回确实有‘回家做客’的陌生感觉，因而较能冷静地观察父亲母亲的互动。”她说：“他们如常地斗嘴：有时候小吵，有时候大吵；有时候日吵，有时候夜吵，有时候日夜都吵。”先前在家里，她旁观旁听，可能因为母女之间的亲昵，难免一面倒地倾向支持妈妈，认为爸爸总是“坏人”。可是这回，也许有了几个月的时间差距，看着他们冲突，忽然有了新的领悟：妈妈其实也不是什么“好人”。

她所说的“坏”或“不好”，当然并非指杀人放火之类的犯罪，只不过是情理伦常上的偏执、嚣张、放肆、粗暴，不够体贴善良……问题是之前她只从这个角度去看父亲，从未想过母亲亦有这些让人不好受的倾向。这回，观察到了，感受到了，她忽然明白，母亲父亲都是人，一个巴掌打不响，不见得是哪方全对或全错。她说："老师您以前提过周作人曾经写信给兄长鲁迅，里面有一句'都是可怜的人间'，现在我对这七个字非常有感觉。"

清官难断家务事，我没搭腔，只点头聆听。我倒想起内地近年流行所谓"断亲"。许多年轻人刻意拒绝跟家人和其他亲戚联络、沟通，只想避开烦恼，不希望被他们的过度关怀打扰，不想承受长辈问长问短，如有没有交男朋友女朋友、什么时候结婚、什么时候生孩子之类。也有因为自己搬来了大城市，故乡的亲戚偶尔会来造访或求助，借钱或借住，令他们不堪其扰。于是索性互不往来，断绝接触，断了亲情，一了百了。

也因此反而有了另外一个词：网亲。

年轻人日夜上网，结交了一些谈得来的网友，就算是素未谋面，亦觉得亲切得像家人，甚至以亲戚称谓呼来喊去，你叫我爹，我唤她娘，或者是儿子女儿、哥哥妹妹之类。这样的交往关系，便是网亲，不亲却亲，犹胜血亲。

终究是老派人，我对"断亲"二字略感毛骨悚然，总觉是诅咒。网亲不难结交，但血亲果真能断？我很怀疑。只能说，自己选择吧，这是自由。人生匆匆数十年，亲不亲，想来也真无所谓了。

急性失智

网络经常流传寻人讯息，近日读到一则，说某位五十多岁的女士“急性失智”，离家久久未归，恳求帮忙寻找。我把手机屏幕给身边的人瞧一眼，他摇头苦笑道：“好惨，但其实近几年来整个社会亦似‘集体急性失智’，以前讲究的公道、文明和颜面都不见了，一样惨。”

我愣了一下，确实反驳唔到。

急性失智到底是一种什么样的状况？

我忍不住思量想象。似电线突然“跳闸”，短路了，脑袋一片茫然，人站在街头，却似在荒漠旷野，难辨东西南北，所有熟悉的皆变陌生？所有人、事、物看来都一模一样？抑或所有人事物都于刹那间化身为妖兽，面目狰狞，对你张牙舞爪，把你吓得不择方向地抱头狂奔？心中仍会记得亲人、熟人、爱人的脸容和名字吗？全部烟消云散，像烈阳下的冰，就地融化，连水渍亦不留下半滴，归零、空白、无影无踪？

想来心惊胆跳。“跳闸”总在毫无预警下发生，事前不会有任何防范准备，说来就来；当发生了，一切都来不及了。前头的往事通通成了被彻底删走的档案，往后的梦想更成泡影，生命如被电影中的曲率引擎裹挟，被高度浓缩，再缩，缩成此时此地的一刻，如微尘，从此任由他人照顾——如果还幸运地，有愿意寻找和照顾你的人的话。

其实倒过来说，面对亲人的急性失智，照顾者亦必陷入“急性恐慌”。怎么明明好好的一个人，忽然不再是他了，说变就变，或性格一百八十度转弯，或变成了不懂得合理回应世事的一棵树或一个无法理喻的婴孩，都发生在短短的时间内，使人措手不及。听过不少朋友忆述其长辈的失智过程，都是那么短促，如忽然而来的暴风雨和龙卷风，摧枯拉朽，令他们手足无措。

一位朋友说他八十多岁的母亲，五天以前还生活如常，精灵健壮，一个星期打三次麻将，从不诈和。然而五天以后坐在麻将桌前，伸手摸牌，突然把牌握在手里，双眼空茫，无法判定应该把牌纳为己用抑或打出去，甚至根本不知道自己正在打麻将。牌友们惊恐地把她扶到沙发上休息，一阵之后，她没事了，恢复理智，要求继续作战，牌友当然摆手摇头，推说下回再续。

朋友母亲归家后，如常吃过晚饭，夜里十一点多，又发作了，打电话给儿子要求一起去饮早茶。儿子其后向牌友们问明白天之事，方知大事不妙。但，知道了又能如何？一切如水就下，回不去就是回不去了。自此之后，他母亲每隔两天即打电话问他：“呢个月俾咗家用未（这个月给了家用没有）？”也经常半夜来电说要去饮茶。半年后，他无奈把母亲送进疗养院，可是每天才刚探望过，她却立即打电话问：“你今日嚟唔嚟睇我（来不来看我）呀？”她的记忆仓库似乎每隔十五分钟便自动清档。

急性失智，急性恐慌，任何灾难都是双面的。个人和集体，岂有差异？

忘了全世界

往尖沙咀买书，到服务台请店员查找，想了几十秒却说不出书名，只记得是一本关于老年失智的书。天啊，店员心里肯定暗想：怪不得你要找这样的书，阁下已经老年失智了。

索性用手机查一查，隐约记起书名有“你忘了”三个字。按入关键字，找到了，是郑秋豫的《你忘了全世界，但我记得你》。非常台式文艺腔，但跟内容彻底相配。

郑秋豫七十四岁，退休前是语言学研究所所长，每天忙着开会和研究，却亦把家事处理得井然有序。四十多年了，一天三餐全部亲手包办，丈夫和女儿的起居杂事，亦几乎由她打点。她的丈夫亦是学者、工程学家、科学家，头脑同样锋利。但，最锋利的刀，说钝去便钝去。

七年前的某天，郑秋豫主持所务会议，口袋里的手机一再震动，她忍住不接，会议结束后才发现是丈夫打来的。她回电问：“有什么急事吗？”丈夫从来不会在工作时间打给她。“你在哪里？在干什么？”她气坏了，说当然是在开会。丈夫道：“没事了，就是问问你在干什么。”

回家后她提醒丈夫别再在工作时间找她，丈夫却笑眯眯地说：“你那么忙，我哪有给你打电话？你记错了。”

郑秋豫以为丈夫只是否认做错事，不管了。岂料自此之后，丈夫的白天来电愈来愈多，问来问去就是“你在干什么”和“何时回家”，而事后又总否认。她终于明白，出大事了。

丈夫赵伏波的失忆失智程度愈来愈严重。她回到家里，全屋各处搁着咖啡，他冲泡了，忘记喝，再冲一杯又一杯；他会迷路，一起出门时，他用“你走在前面”来遮掩自己认不得路的窘境；他拒绝洗澡，老觉得自己已经洗过。为了让丈夫保持清洁，郑秋豫初时直接执起水龙头把花洒朝他身上喷，其后，巧施妙计，要求丈夫替她洗澡，一起脱去衣服在浴缸里洁净身体，“原来要他帮我就能启动他的行动”；不过也事先提醒年轻的用人，请她在门外“备战”，有需要时进来帮忙协作，但“她会见着我们夫妇的裸体样貌，不要不好意思”……一步一步往下走，低处再低处，郑秋豫干脆辞职，全心全力照顾步向彻底失智失忆的丈夫。

照顾了两年多，丈夫失智失忆也失禁，郑秋豫精疲力竭，陷入了抑郁症的状态，失眠，厌食，暴瘦，女儿从外国回来帮忙，也劝她把父亲送进“长照中心”。长照，就是长期照顾，即疗养所，由专人二十四小时看护。她忍痛答应。

丈夫住进疗养所后，她经常探望，很快地，丈夫认不得她了，她踏进房间，他只是有礼貌地微笑着，轻声寒暄：“你好，好久不见。”他对任何人都用这句开场白，其实他已经忘了全世界，但家人都深深记得他。

而读过此书的人亦记得他。不管身边有没有失智症亲人，这本书，都该读。

送机

开车送美枝和马雯到芝加哥机场，刚好赶得及登机，匆匆道别，目送两人进闸机。道别得太急，当时不觉，独自开车回麦迪逊之际，离愁别绪才在心底冒起，像茶叶泡在水中，由淡而浓，终而茶浓如墨。

决定先往芝城（芝加哥）看一场电影解闷。想到电影这事儿，无端地记起蔡琴前阵子闹离婚时说的话：“小时候最喜欢看电影，常常央求爸爸带我去看。有一次，爸爸对我说：‘小琴啊，你这么喜欢看电影，你一定要练习一个人去看，总会有没人陪你的时候啊。’”

忽然明白蔡琴父亲说些什么。

我们总有没人陪的时候。

中午起床后用牛奶泡了一大碗粟米片，加一片火腿，懒洋洋地躺在沙发上试图喂饱自己。顺手打开电视，意外看到儿童节目。

如果你有子女，一定知道什么是那既可爱又可恨的邦尼恐龙。

就是那紫色的大恐龙，它有一群小伙伴，又有 Baby Bop、BJ（皆为动画片中的角色名）等恐龙玩伴，这两年把全世界的小朋友都迷住。小朋友迷它，父母自然乖乖送上金钱购买各式邦尼玩具。我家就有一只大邦尼，会发声，马雯抱它多过抱我。

马雯在美国时我常陪她看电视，她回中国台湾后，剩我了，当然没看。今天意外看见，讶然发现节目中的小朋友都长大了。长得好大，都变成青少年，节目只好更换另一批小演员，但偶尔找旧演员回来“探访”，以作怀旧。

时光流转，这是当父亲之后常有的体验。怎么才一转眼，自己的和别人的子女都长大了？我们的岁月都写在他们的成长里去了。

这当然不是唯一的新体验。许多事情，在以前只是“听”，如今却是“懂”。

以前听那首歌，有两句歌词大意说：“到处都是小孩子，看见他们便等于看见我。”多年来唱得朗朗上口，但只是嘴巴唱唱不过心，一颗心跳得极平常。但前几天难得天气回暖，到草地上走走，见小孩子嘻哈笑玩追逐奔跑，刹那之间，眼前重叠着小雯身影，耳边响起的正是那两句歌词。好了，我懂了。心跳不再平常，怦怦然，是真的被歌词撼动。

如果你有子女，一定也懂；如果你没有，再说千遍你亦茫然。

正如你无法理解当年亲笔写下“看见小孩子就觉厌恶”的亦舒，今天为何愿意在加拿大的冰天雪地里日日开车接送子女上下课，并且开心地。相信只有她自己才懂个中转折。

子女带来的变化总是巨大的，而且是矛盾的。

曾听闻美国南部发生严重火灾，托儿所内死伤惨重。我在车上听电台新闻，可悲小孩子之不幸，却亦暗暗庆幸悲剧不是发生在本州与本人之身上。这是必须承认的：子女激起了一份最大的大爱，父母总愿无条件地替子女付出，亦连带爱上其他小孩子。然而与大爱同时来临的却是另一份退缩与自私，无论世情如何多灾多变，只要自己的子女平安喜悦，父母便觉满足。有句台湾话说“别人的孩子死不完”，很难听，却很真实，在台湾生活时常听，如今才真的懂。

一切一切，忽然之间明白了许多，弄懂了许多。或许这是父母辈特有的成长。

以前在台北新店，住于山边，曾有过一段不必上班的日子，或该说，有过一段在家上班的日子。闭门坐在家中写稿，写完传出，出版社自会将稿费汇进银行，完全不接触。亦即美国人所说的 Woho（work at home），有此身份的人被称为 Wohos。那阵子活得潇洒，独居得快乐。然而近三年经过家庭生活的洗礼，对群居上了瘾，废了独居的武功，冷不防重过一段独自生活而且是不必上班的日子，常被孤独感涌上心头杀个措手不及。

有一天夜里在书房写完一篇文章，自认有佳句，忍不住习以为常地连声高喊：“快来看！快来看！”以往这时候美枝通常会走进书房来，读一读，给个意见。

但这夜回头，只见客厅一片漆黑，哪有半个人影？刹那间领悟一切习以为常的事情原来可以突然无法习以为常，或许如佛家语，这叫无常。

不禁坐在漆黑客厅里惆怅良久。

习以为常的事情可多，有些令自己哑然失笑，譬如说到超级市场买罐头汤，寻寻觅觅，尽往不辣的种类去挑，因要配合马雯的两岁口味。可猛然想起，咦，家里如今就我一人，要配合谁？

于是专拣最辣的才买。

连上馆子也专点最辣的菜，狠狠地辣上一场，无辣不丈夫。

到这个时候开始懂得一些“太空人”朋友的心情了。记得一位妻儿在加拿大、己身在香港的朋友曾写信说在多年婚姻生活之后重新独居，犹如小孩子面对新世界，在生活上、感情上皆要重新学习与适应。“熬得过来，便是一段重生。”他写得严重。

我倒觉得做“太空人”或许不无好处：有机会再次体验“珍惜”二字。是的，珍惜。已婚者往往久已遗忘这两个字的滋味，习以为常，习以为常，直至人已不在身边。只有你独坐于一个寻常的空间里，一个恍惚想到了那个人的时候，你才会明白，人与人之间的一切习以为常原来都是值得极不寻常地去珍惜的。

或许，这是流离乱世给我们上的最宝贵一课。

年轻的旅者

晚上的萨尔茨堡更是寒冷，雨停了又下，坐在喷泉广场前观赏《费加罗的婚礼》，才半小时便冷得发抖，不看了，起身离场，在雨雾里走路回旅馆。返归后，我就迫不及待地洗了热水澡，全身皮肤被淋得泛红，像喝了红酒，身体竟有微醉的感觉。

上回在公众浴室冲热水澡是什么时候？

好像是大学时代，二十多年前。那时候身上没有半分赘肉，热水从花洒孔穴中淋下来，身体像铁墙一样把水挡住并反弹，那是生命力的飞扬表现，一切如此暧昧未定，却又如此饱满顽强。如今看着水花射在胸前和肚皮上，再转身，感受水柱击落在背脊上，隐隐觉得皮肤被撞得凹凸不平，真担心整个身体随时宣告垮塌。浴室内，不堪闻问。

下次什么时候再住旅馆？希望不会再住吧。这次纯属误打误撞的意外，是安排不周的结果，短短三天尚可接受，怀旧过了便足够，除非是落草逃亡走投无路，否则最好找回一间酒店住回一个房间；终究有了一些年岁，出门在外，八小时在街头浪荡，吃饱逛足之后，最眷恋的仍是酒店的安静房间和房间内的宽阔软床。房门一关，我自为王，这是我的时间、我的空间，只愿独自品尝，没有太大兴趣把它们跟身边的陌生人共享。

酒店是“私”的概念，它让你在不属于自己的地方拥有关门独处的资格，小旅馆却是把你抛给世界，其实仅看名称，便知它不准你忘记自己只是“过客”。

年轻的旅者当然有不一样的行程，他们尚未知道什么叫作“家”或仍未享受过“家”的滋味，故没理由介意什么“过客”不“过客”；一双脚行走到哪里，哪里便是他们的疆界，看过了足够的地方，他们才会明白“私”的重要。

吃早餐时，我们跟一位美国少女同桌。她大学毕业，在入读研究院前先独自旅行，从俄亥俄州出发，背着小提琴来到奥地利。维也纳、萨尔茨堡，在音乐之国寻找音乐之灵。十三岁的小女孩问她，一个人旅行有何好处坏处，她眨眨眼睛，回答：“好处是能够听从自己的心理节奏行事，快慢随意，不必理会他人；坏处是一路上有很多男人都会打你的坏主意，你必须懂得防备，更须学习区分片刻浪漫和真正爱情之间的差别！”

小女孩也眨了眨眼睛，仿佛在想象十年八年后的属于自己的行程。路上的浪漫已经开始召唤她了，我妒忌地这样认为。

能够把我也带上吗?

大女孩嚷着下个暑假要独自出门旅行。朋友知悉，问我，你会给她什么建议。我笑了，于我而言，不是设想了，而是早已发生的事情，在两年前。

大女孩二十岁了。十八岁那年，于澳大利亚念完中学，回到香港，闲在家中，每天看书之后就是看书，上网之后再度上网。青春岁月里，年轻的脑袋在虚拟的平台上飞腾奔跑。有一天，她对我说："我想一个人去欧洲旅行。"

我正在看电视，愣了一下，定过神来，笑着对她说的第一句话是："能不能带我同去？"

她当然不愿意。她也当然解释道，其实并非一个人去，是约了两个澳大利亚的同学在当地碰头，一起玩。我当然知道，她在说谎，或者说，她没有说出全部真相。与同学是有约定的，但确实只是碰一下头，可能只在一起两三天，其余时间她是独自一人，大概十五六天，探索她所渴望探索的欧洲世界。

其实至今我仍不明白她想独往欧洲的真正理由。她没有说明，我也没问，只是依靠猜想。十八岁了，完成了生命的中学阶段，面对即将杀至的所谓成人世界，前头困惑未知，后头渐行渐远，这段日子确是"真空期"。趁机往外走动，依凭一人之力，安排行程，面对挑战，向自己证明自己已经长大已经独立，一切若能顺利，亦即向全世界宣告"我已独立”。一人旅行之于她，是成年礼。

所以我是不可能阻止的，更何况，无力阻止，她只是告知我而不是向我请示。她已经取得母亲的支持，而有了母亲撑腰，她怎会怕我?

所以我唯一能做的事情（除了付钱！）是，以父之名，送她几句忠告。而既是以父之名，忠告当然亦是从父亲角度出发，提醒她保护自己，以安全为第一要义，在路上要提防扒手、骗子等坏人之类。若有什么困难，不必犹豫，不必记挂面子，记得立即向父母亲求助。可是，如果没有困难，没啥事，也不必整天打电话回家。哈，让父母亲享受十多天自由时间，也很好。出门了，时间都是你的，也只是你的，尽情享受自由的日子。人在异乡，最重要的是自在与快乐，这其实亦是在学习。在日后的岁月里，最有价值的，一样，亦是自在与快乐。

在大女孩出门前，其实有些话我也想对她说，但忍住了。本来还想祝她顺利、平安，以及找到远方的浪漫。但当时没说，其后也没问，她的天地自有她的秘密，不属于我，我连知道的资格恐怕也欠奉。

走路

小女孩从北京打电话回来，哭了，说想家。我问：“为什么突然想家想到哭？”

她没说，但我明白，那是星期天早上，同房同学去了教堂，小小的房间剩下她小小的一个人，窒闷的感觉一定令人很不愉快。

“哭完了，便好了。”我说，“快擦干眼泪，否则同学回来看见你，会笑。还有，罗琳要写第八部书了，是《哈利·波特资料大全》。虽然不是小说，但正如你妈妈所喜欢听的那首马兆骏的歌，‘有总是比没有好嘛’。”小女孩便笑了。

当然明白小女孩的心情，因为，刚离家的孩子，谁没哭过？

我哭的那次是二十四年前了。一九八三年赴台读书，住男学生宿舍。狭窄的房间，密密麻麻的学生，热闹喧哗得令人没法感受到自己的情绪。可是有一个星期天的早上，好像是开学后第三个星期天，迷迷糊糊地从梦里转醒，阳光早已洒入室内，洒在地上，令一切无所遁形。我的头很痛，痛得像有一个篮球被塞在大脑里面，又流鼻涕，全身无力，想必是被感冒打败。

咦，奇怪了，怎么如斯安静？为何房内房外都没有半点人声？

忽记起，哦，对了，大学的侨生委员会今天举行迎新活动，有吃有喝有玩有奖，同学们都去参加了，而我昨晚在偷偷接电源的夜灯下写文章至很晚，早已决定不去了，所以这个早上的房间由我独占。

想到这里，喉咙有点干，挣扎爬起床，却没有力气拿茶杯在房外走廊尽头替自己斟水。就这样口渴万分地坐在床边，看着窗外阳光，暖洋洋地映照着自己的孤零零，突然，悲从中来，想家了，眼泪泛滥流下，肩膀抽搐，久久不能自已。

照片是小女孩出发那天拍的，往机场，跟同学一起出发，面对只属于自己的笑声和眼泪。望着她走远的背影，如同好多年前望着她跨出生命的第一步，深深触动于生命变化的不可解。

一来一回，来来回回，何时笑、何时哭皆难预料。最要紧的是寻得分享的人，把故事跟对方说，痛苦会减半，欢愉会加倍，眼前的路也才有了值得走下去的理由。

书店

从布拉格回到伦敦，返港前一天的最后节目理所当然是买书。

来到查令十字路，踏出地铁站时遇上暴雨，只好退回站内，看着雨水把我和小女孩阻隔在书店门外。等了五分钟，雨势仍急，但我们的心更急。于是，交换一个会意的眼神，一大一小奋不顾身地齐齐走到没瓦遮头的街道上，闯过一个红绿灯，再闯过另一个红绿灯，来到一间旧书店门前，闯入，让书本替我们挡雨。

衣衫都湿了，但在狭窄的书店内，丝毫不觉冷。

逛过了几间旧书店，找到几本包括旧版《鲁滨孙漂流记》在内的意外惊喜，便往新书店进发。此回是兵分两路，我先把小女孩带到 Borders，给她五英镑，嘱咐她自己找书看，若口渴、肚饿了，便到书店内的咖啡阁解决“民生”问题；我则独自转到隔一条巷的 Blackwell 书店，它专卖学术研究书籍，书种比 Borders 集中，气氛也比 Borders 安静。

就这样过了四小时，我挽着两袋书回到 Borders，果然在咖啡阁内找到正在埋头打书钉的小女孩。有一本三百页的小说她几乎读完了，尚差五十页，要我等她。但老子不理，强行把她拉走，而且不准她买这本书。因为，就差那么几页，下次找间书店再打书钉将之读完便行，别浪费钱。

离开书店时，她也挽着自己的两袋书，可是偏偏没有那本，而我顺便对她说，做事情有些保留，才叫作“缺憾美”。

不知道是幸抑或不幸，十三岁的缺憾美终究保留不了太久。傍晚到伦敦机场，办完登机后在候机大厅内，一如所料，她一个箭步冲进一间书店，在书架上寻到那本小说，老实不客气地坐在地上读呀读。那已是八点多了，距离书店关门不足一小时，她就坐着，看着，全速把故事结局读完。到了八点五十八分，女店员已把门闸拉了一半，并且轻轻告诉她：“我们还有两分钟就打烊啰。”小女孩眼睛仍然盯着书页，低头回应：“嗯，我尽快在两分钟内读完。”

最终过了十分钟，总算结束，她心情愉快地站起来，把书放回架上。女店员站在门闸旁边，不仅脸色没黑没臭，反而笑眯眯地问她：“怎样，读完了？好看吗？”

小女孩微笑点头道谢。

坐在书店门外沙发上的我，接回小女孩，提醒她，没有缺憾，更该感恩。

旅途上尚有其他值得感恩的人和事，日后有缘再从头说；长话短说和短话长说同样困难，唯望有机会，在值得说故事的场合里，再说给你听。

森林浴

奇怪，为什么在山上吃粥感受特别强烈?

或许因为气温够低，更因为空气够清新。坐在宜兰太平山旅馆餐厅内，冷冽的空气把身体包围，像把整个人丢进一支试管，管里有水，把你泡着，浸着，你必须把一些热腾腾的食物塞进肚子，让食物变成柴火把血肉烧暖，否则你将在寒冷的无形压力下感觉到自己不断缩小，缩小，再缩小，最后小到完全失去了动弹的意志，只愿躺下，就此死去。

所以我在那个早上吃了两碗粥，之后本想添第三碗，但她提醒可盛一碗白饭，浇一些卤肉汁在上面，便是卤肉饭了。于是我弃粥取饭，把自己喂了个饱，好有足够的体力和精神坐蹦蹦车去逛森林。

山上的蹦蹦车并非游乐场的碰碰车。蹦蹦车就是昔日用来把木材运载下山的小火车，涂成鲜黄色，很有日本味道，可以想见当年日据时期的美学风格。树被砍下，高高低低地塞置于车上，火车驶动时木材摇来摇去发出如“蹦蹦”的碰撞声响，因而得名。蹦蹦，蹦蹦，碰撞出一段昏黄年代。

蹦蹦车今天仍然保留了鲜黄色，但木头变成了游客，每节车厢有三排座位，每排坐三个人。狭窄的车子在狭窄的铁轨上隆隆行进，右边是高高密密的山木树林，左边是山下远方的云海茫雾，人在其间，摇摇晃晃，隐隐被摇得出神。车行十分钟，到站了，乘客纷纷下车分散走向四面八方，我则建议亲人们“往上发展”，沿着车站旁的一条小山径朝上走，在一列列的参天大树之间漫步，亦如台湾本地人所惯说的，冲洗个“森林浴”。

行行复行行也不过花了三十分钟，半点不累。同行还有个两岁男童，看着他的小身影，想起远方的大女孩，她和他相差十五年，但这段岁月距离，在感觉上并不见得比在森林散步来得遥远。大女孩此刻在做什么？或许是坐在宿舍的书桌前，低头做功课或玩电脑，偶尔望见窗前大树，花了两三秒，想家。

然后有同学从背后唤她，她便欢天喜地出门玩乐去，把对家的思念完全抛在后头了。她有她的天地，我们只能像老树一样，留在根里等她。

那山

又去张家界。少年时首回听闻“张家界”三个字，隐隐觉得既古雅又老土。古雅在于“界”字暗含古意，眼前仿佛出现一幅图画：荒野山头，一群人，几户人家，弯着腰，分头合力用树枝在土地四周圈了一圈，欲向人间宣示“圈内是我们的家、我们的地，外人别闯；从此，我们有了王国”，而这个王国的国民都姓“张”。

老土在于总觉得这些怪山异岳只适合上了年纪的人前往旅游。譬如我的爸妈，参加旅行团，一群中老年男女高高兴兴进山游历一番；下山后，吃吃美味，饮饮啤酒，打打麻将，已经没有其他娱乐。像我这样的年轻人，应该去曼谷，去百胜滩，去巴黎，去伦敦，这些地方才有刺激，才是潮。

幸好少年日子很快过完，自己的当下年龄比我爸妈当年去张家界时还要大，还要老。于是也才懂得怪山异岳背后的另类刺激、另类潮，这样的潮和刺激，才久远，才含蓄，才是真正值得细细回味。于是，又去了。

第一次来张家界是前年七月，因在长沙有讲座，顺道来一趟，搭三个多小时的长途巴士摇呀摇，本来深深后悔浪费时间，但当到达时，抬头望见群山矗立，孤岭傲然，整个人被震住了，转为后悔没有早些前来。但也庆幸没有等到太老才来，否则，走不动了，会难过得坐在山下悲哭。

那回也去了沈从文的凤凰古城，感觉相似。听许多朋友说过这个古城愈来愈商业俗气得不可忍受，跟二十年前完全没法相比。而我觉得，来晚了总比更晚来好得多，它愈是走向俗艳，我们便愈应抢时间前来，赶在它前头，用眼睛和记忆把古意留住，否则二十年后必更不堪，必更懊恼。

去看山水要趁早——对不起，又要套用张爱玲式语法了——来得晚的话，快乐也不那么痛快了。愈是好山好水，也愈要早早早，因为有人对好山好水打的“发展”主意打得极大，我们有必要跟山水争分夺秒，多望它几眼，从悲观的角度想，也就等于看望它的“弥留”脸容。

所以我上回面对张家界的天门山，暗暗许愿，尽快带我家的大女孩来此看望，别让她跟我一样，晚了迟了，错过的愈来愈多。二十个月后的今天，我到了，大女孩到了，从山下到山上，我们用脚也搭车，兜兜转转，黄昏来了，我们心不甘情不愿地回程离去。那山，仍在，让她改天再陪别人前来。

山中的教育

在张家界与袁家界的山与山之间兜转逛荡，雾浓云重，山岳在虚无之间隐现再隐去，其中两座山峰之间连接着一块五米厚的石板，形成了一道天然石桥，号称“天下第一桥”。远远望去，桥下都是云雾，因为无风，云锁雾定，不动如山，乍看误以为是一条沉静的河流，定睛细察达两分钟之久始能确定，不是的，那纯属心中幻影，空无一物，桥下什么都没有。真是好禅意。

桥下无物，山上却有，每走十来分钟路便见休息亭站，有小贩喊售玉米、肉串、葱饼等吃食。我们最爱的是小青瓜，五毛钱一根，新鲜，执起来张嘴就咬，希望没有农药残余吧，至少没经油炸，吃起来稍稍安心。

吃食摊档旁边又站着几个少女，身穿少数民族服装陪伴游客拍照，十元一张。说是土家族，但不知道真假。

我对大女孩解释道：土家族是中国民族人口排行第七的民族，第一名当然是汉族，然后是……接下来，便轮到这些又被唤作“土人”或“土民”的土家子女了。

到内地旅游总是“国民教育”的大好时机，好的不好的，都在眼前，都在嘴边，现场开讲总是印象深刻；在学校课本里学到的所谓知识，只为考试，唯有亲眼见、亲耳闻，始可入骨入肉。

于是也顺带向大女孩说说少数民族的风俗风情，各处乡村各处例，即使同一个族群在不同的地区亦有不同的习惯，譬如在云南中西部祥云县居住的苗族，有“半夜搬家”的嗜好，即使已经搬到城市，若要搬迁，白天搬走了九成家具，仍然坚持留下一成到半夜里才来取走。据说他们先祖屡受地主压迫，欠了一屁股债，需于半夜逃债，却遭地主抓到，被活生生打死，后代子孙为了铭记家仇族恨，保留了半夜搬家的传统习俗。别人来问原委或许说不上来，但传统这码子事儿一旦成为仪式，就不必再问理由了，照做便是，在行动实践之际隐隐觉得跟前辈有所牵连，人便不会感到那么孤绝凄凉。

苗族以外，还有居住于高山上的景颇族，喜欢以实物代替书信，送辣椒代表爱情，送石头表示怨恨，送牛肉表示哀伤，尽在不言中却又意在实实在在的手信之间……

“好了好了。”大女孩的母亲阻止了，“我们是来旅游的，不是来上课的。”

只好闭嘴，否则我怕她们忍不住把我推到山下，我买了保额不菲的保险。

芝士

“敢不敢吃发霉芝士？”好友向我挑衅，在一家小商店门前。

“我们有几百款芝士，愈发霉，愈好吃。”

我摇头回答：“不敢。但我有一个爱吃发霉芝士的女儿，我经常觉得她有点心理变态。”小女孩当然是不会自认“变态”的，相反，她说这是高级品位，很欧洲的，很讲究的；这个可恶的“小汉奸”。

幸好她其实也不认为只有外国的月亮是圆的，像中国的蒜头，味道愈浓烈的她便愈爱吃。有一回在“小肥羊”打边炉，点了鸳鸯锅底，清汤那边泡浸着许多软巴巴的小蒜头，我夹起一颗咬进嘴巴，酸臭得立即吐出，并要马上喝口啤酒冲去气味。而她呢，则是用匙羹把蒜粒大把大把地捞到碗里，再滋滋油油（悠游自在）地吃，眼睛半闭，享受非常。我连看见都反胃。

对于芝士，小女孩的热爱指数更是超爆灯的，几乎每个晚上，上床睡觉以前，她都打开冰箱取出一包或软或硬的芝士，坐在沙发上，跷起二郎腿，把芝士逐片逐片或逐块逐块地放进嘴里。那些或黄或白甚至有时候带着灰蓝的怪东西，气味极具“骚扰性”。她一把芝士拿进客厅，我便立即走进书房，不用眼看，不用鼻闻。家有恶女，避之则吉。

这回来到德国，在长途电话里，小女孩是理所当然地千叮万嘱，命令我给她带回发霉芝士，我只好用纸巾捂着鼻子，走进一间芝士和香肠的专卖店，隔着玻璃柜，眯起眼睛，细细挑选。莫言先生也陪我去了，但进店不到一分钟已经受不了，转身逃到店外抽烟。洋人说“who cut the cheese（谁切了芝士）”就是指“是谁放屁”，不是没有道理的。

听人说过中国的腐乳其实等于外国人的发霉芝士。理论上或许是对的，但在心理上两者可大有分别：前者给我的是温暖的感觉，望之即想起童年，想起长辈，想起兄弟姐妹围坐于小木桌前吃晚饭，抢夹食物的热闹与喧哗；后者则是陌生、遥远，而且冷冻，如同小女孩没有兄弟姐妹而永远只是孤单地坐在夜灯下，独吃，独喝，独自看书。

陪伴她的，就只有那小小的芝士。

立志做骑士的小女孩

黄金巷内有一间小小的免费博物馆，展览中世纪的武士盔甲和刀矛，小女孩看得入神，迟迟不肯离开。我问她是否快乐，她说比快乐更快乐，双腿再累，亦是值得。

自从读完《纳尼亚传奇》（*Narnia*），她对中世纪的欧洲风云着迷得不可收拾，说自己的一生大梦就是做个骑士，因此，常作男装打扮，并替自己取了一个欧式名字。我故意挑衅道："欧洲大多数国家已经没有了皇帝，何须再有骑士？"她闷闷不乐了好一阵子。

我不忍，只好改口道："欧洲虽然没有了皇帝，却亦会颁发象征性的骑士头衔。例如法国，只要你在某个领域有出色表现，就有机会取得一个小小的领章，把领章扣在衣领上，便人人都知道你拥有骑士荣誉。"

"真的吗？"小女孩睁大眼睛问，"那我的人生目标就是要取得骑士头衔。但到底要出色到什么程度？"

我摇头承认不太清楚，唯一能说的是："你上次见过的张信刚教授就有，那表示不管是在文学或科学领域内努力，都有机会。回到香港后，我把他的电子邮箱地址给你，你自己问他吧！"

小女孩从不穿裙子，当然校服裙是例外。可是来到欧洲，为了穿得体面地去看歌剧，自动要求临时抱佛脚去添购衣裙。

看她高高兴兴地挑选衣服，忽然想起，这是她生平第一次购物；看着她脸上的欢乐表情，忍不住在心里暗说：欢迎来到女性的文明世界，打开你的衣柜，你从此成为女性。

这样说完，心里又忍不住涌起一阵悲哀。

旅途中，小女孩最令我感到讨厌的行为是不断在行李内搜寻我的雪茄，一有发现，立即放在水龙头下予以浸毁，或在离开旅馆退房时偷偷扔弃于垃圾桶，待我知道，已成定局。

“太狠了吧，慈禧太后？”我抗议，“你知道雪茄是很贵的东西吗？”小女孩毫不买账，嘟起嘴巴模仿电影《小孩不笨》里父母教训子女的语气道：“You know, it's for your o-w-n g-o-o-d！（你知道，这是为你好！）”这时候刚好走在查理大桥上，我真想哄她俯身看看桥下有些什么，然后把她往下推。

恐怕还要再等二十年，等小女孩成长了，笑过了也哭过了，才明白到了某个年纪，只要仍能令自己感到愉快开心的事情便可被定义为good（好）了。或许到时候她会重游布拉格，再次走在查理大桥上，忽然想起父亲的雪茄，于是跑到小酒馆内，一边喝红酒，一边吞云吐雾。

在云雾里，小女孩将真正懂得她的父亲。

错失

从萨尔茨堡搭火车到布拉格要七小时，中途在尼兹转车，候车时喝一杯黑啤酒，冷冰冰的酒精先把脾胃的热火淋熄，然后从胃底燃烧起另一番令人醉醺醺的热气，很能提神醒脑。

本来没机会在车站内喝酒。从萨尔茨堡出发的列车预计在下午四点五十分抵达尼兹，但不知何故晚了九分钟，令我衔接不了于四点五十七分准时开出前往布拉格的另一班车，只好滞留个半钟头，等待今天最后一班越境火车。幸好仍有这一班，否则没订酒店，说不定又要在小旅馆再唱一次《黑狱断肠歌》。

尼兹车站设备现代化，窗明几净，乍看还真有几分似飞机场，踏进一间准抽烟的小酒馆，悠闲地翻书，享受因错失而获得的意外空闲，这是旅途中的额外收获，当时或许不觉，事后倒颇珍惜。

旅行者必知路途上的错失常能带来惊喜。有一年在意大利南部那不勒斯，早上出发搭巴士到码头转船出海，搞混了左右方向，上错车，本来只需二十分钟的车程却兜兜转转坐了一个多小时，但换得了满目的小城风光。海水的咸味随风飘来，在风里寻路，跟意大利男女比画着沟通，近距离细察那些既热情又陌生的五官、表情，每张脸孔都是一幅欧式风景油画，跟山水终究隔了半个地球，足让我猎奇玩味。

还有啊，那几个男扒手，在巴士上向我和同行者挤占过来，前后左右把我包围，伸手在我的牛仔裤口袋外偷摸探索。他们有高有矮，有肥有瘦，有光头的，有戴鸭舌帽的，有瞪目的，有眯眼的，跟我站得近到可以互听呼吸。看着他们的怪异表情，我联想到意大利的喜剧人物，几乎忍不住哈哈大笑。

由于早有防范，我只被摸走了一支圆珠笔。

此番旅途的另一次小错失是在布拉格迷路，但跟在意大利一样，换回了旧城观光以外的寻常眼界。

那个夜里，有点冷。从地铁站走出来转搭九号电车回酒店，到了某个十字路口，明明记得电车应该左转而它却偏偏右行，很明显又是上错车了，但我竟等车子到了终点站才发现错误，于是下车等候回头班车了。四周黑沉沉，地上有电车的交叉铁轨，铁轨尽处已是火车总站，站内传来间歇的隆隆咆哮。

小女孩牵着糊涂老爸的手，再次上了一课，学习了等待的必需和无奈。

一分钟小姐

离开北京的前一天，带小女孩去了潘家园一趟，她一直记得我说的“买了九件东西，却拿了十件假货回家”的故事。因此，到达之后，第一个反应是说：“老爸，这就是你被骗的地方？”

“不是被骗！”我正色地纠正她，“当我心甘情愿被骗，就不算是被骗。那些东西，我纯粹觉得好玩才买，早就知道它们不是真货！”当然知道。否则，怎可能一张由钱锺书和杨绛联名撰写的亲笔信只卖人民币六百元？我再贪心，也不会贪到如此异想天开。将之买回家，只为了可以随时拿出来让朋友看看，笑笑，并从中开展有趣的话题。至于所谓“九件与十件”，扼要地说，就是我不仅在潘家园买了九件假文物，也拿了一堆找赎而得的假人民币，加起来，便是十件假东西。卖假货而找假钱，似乎非常“天经地义”，我不但没生气，反而乐得哈哈大笑。

本来打算天未亮即把小女孩拉起床出发到潘家园，但她总是闭着眼睛说“再睡一分钟”，“再睡一分钟”。就这样，一分钟再加一分钟再乘以N次，我舍不得打断她的梦境，而窗外天色已白，唯有再次错过了潘家园的美好时光。

去潘家园的最佳时间是周六的清晨五点左右，京城附近的农民或文物贩子从远处把货物运来，天色犹暗，大家拿着手电筒左照右照，神秘兮兮地查探着彼此有何宝物。高手过招，好的东西、真的东西转眼即被买走。

六点半左右，抬头望天，天亮了，手电筒该熄掉了。外行的游客开始来观光了，大家分头找寻位置，各自摆摊，而铺在地上的，已经很难不是假货了。

我很好奇小女孩日后若写文章回顾生平，会否抱怨小时候跟老爸出门是一桩很乏味的事情，因为，我经常唠唠叨叨，借机会对她灌输所谓人生道理。譬如说，在潘家园，我大谈特谈什么叫作“千金难买心头好”，购物如情爱，不求最好，只求喜欢，个中又往往没啥科学可讲。或许小女孩不会觉得闷，因为她根本没在听。她把头埋在潘家园杂物摊内，专心挑选她喜欢的刀刀剑剑。好得很：在人生道路上，她开始懂得自己寻宝了。

迷途

在京都车站前搭巴士往清水寺，二〇六号车东行大约十五分钟便应抵达。小女孩是照例一上车便低头睡去，若不睡，亦是低头看书，对窗外人事不闻不问。我则专心欣赏沿路的神社与旧房，那些极有质感的木条，那些窗明几净的秩序，早上的暖阳，变幻的红绿灯，把我召唤到一个恍惚的宁静世界。

略有干扰的是巴士司机的过度礼貌。乘客下车，每人经过他面前，把辅币或车票投进一个小箱子，耳边挂搭着麦克风的司机例必轻轻点头并说一两句“谢谢，请慢行啊”，经扩音器散播至车尾，令向来喜欢坐在车尾座位的我感受到轻微的嘈吵。

多有礼貌但又多累人啊，在日本做司机。我没厌烦，我倒是替戴着眼镜，看来像一位极度好丈夫、好父亲的司机先生觉得心疼。

二〇六号车缓缓前行，每遇红灯停车，司机立即熄火，待灯转绿，再扭动引擎。车厢内贴着标语，凭汉字猜度，那是“对抗地球温暖化の大努力”，是立法的强制行为，真是体贴。

车子在阳光中走着，没有冷气，显然又是另一番环保“大努力”。七条巷丸、五条坡通、四条大宫、北野天满宫，一站站地过去；咦，且慢，瞄一下手表，二十五分钟了，清水道站应该早就到了，时间有点不对劲，而且没理由经过北野天满宫。摊开地图，才知道坐错了逆行方向的二〇六号，当下是往西而不是计划中的东。

“坐错了。”我轻拍一下小女孩的肩膀，把她唤醒，“干脆再坐两站，改到金阁寺吧。”小女孩睁开眼睛，皱起眉头，似在抱怨。

“这是马氏传统嘛。每次出门，有哪次我们没有迷路？记不记得在布拉格？我们坐了逆向车，晚上站在铁路尽头而看见了一片荒凉，似是到了天涯海角，不是很美吗？”我没法不自我解嘲。

其实也没骗她。两站后下车，往东走十分钟便到金阁寺，途经一间小学，门前有短短的巷道，两边盛开着樱花。一阵风吹过，树摇花落，似在为我们列队欢迎鼓掌。踏在花瓣上，我们仨，衷心感动于美丽的迷途。

小墨鱼

或许是运气好，也或许是日本人总够专业认真，在迷路时误打误撞找到的吃食享受都相当不错。当然也或许只因我的味蕾不够发达，随便什么放入嘴巴都觉得可以接受，稍微美味的，于我已是在天堂了。

第一个晚上在大阪吃的鱼生便已不错。本来寻找某店，但踏出酒店门后搞乱了南北方向，在几条巷道之间兜转了四十分钟，小女孩喊累了也叫饿了，几乎求着找间吉野家坐下解决便算。我见形势不对，决定放弃，刚好眼前有间食店，探头看去，零零落落坐了几桌日本中年男女，应该不是宰杀游客的黑店，立即推门光顾。总算有餐开，小女孩和她的妈妈都夸张地松一口气。

菜牌照例没有英文，侍应也不懂英语，唯有在菜牌上乱指一通，鱼生、烧物、拉面，各点几款，味道都像样，也因饿极了便觉得什么都值得加分。

吃得差不多了才有力气偷看邻桌男女的桌上菜式，发现有一只大大的高脚玻璃杯，水里游着几条小小的有点似金鱼的东西。男女用筷子把它们夹进一个热锅里，稍烫一下，再夹起，仰头放入嘴巴，吃后还深深叹气，似是满足的高潮。

嗯，好极，我也需要高潮。挥手唤来女侍应，向她示意我也照样来一个玻璃杯。等候半小时，杯子来了，用筷子捞进杯内才明白那不是金鱼而是三条袖珍墨鱼，新鲜活跳的，还真不容易把它们夹紧。

小女孩一看，咳了一声频说没胆量吃。我本来也不敢，但心疼钞票，不愿浪费，暗说一句“对不起啊小墨鱼”后把它们逐一放进热水里抖烫十秒，然后一口一条，咬下时有一股热腾腾的液体喷在舌上，甘鲜味甜。那种甜竟然有点像小时候在湾仔修顿球场附近喝过的一碗浓稠的竹蔗水，立即把我本已不强的内疚感全部击退。吃食面前，道德止步，意志崩坏，我真没用。

这一顿吃得心满意足，饭后施施然散步返回旅馆，是小女孩和她母亲的睡眠时间了，我则独自出门继续闯荡。夜才开始，大阪年轻，小酒馆的门统统都还在开着呢。

关键的病征

忘了是谁说过，生活在一个城市，唯有曾在医院进出，始能具体掌握当地的民情处境，包括办事效率、人心良恶、福利水平等；我不知道这有多少真实成分，但事前想也没想过在英国短短停留四天，竟然看了三次医生。

其实真正看医生的是小女孩，我只是陪她。

初时以为只是简单常见的伤风感冒，流鼻水了，发烧了，没胃口了。小女孩从暑期学校请假，暂时借住于一位长辈家中，心想休息两天即可回校上课。不料根本全身没有半点力气，咳嗽不休，愈来愈不对劲，待我到了牛津见到她，已是一脸苍白，两只黑眼圈像熊猫，嘴唇颜色呢，亦是接近灰黑。

吃不下东西不打紧，重要的是连书也看不下，这才是最最关键的病征。记得去年有一回要抽血，痛死了，但小女孩坐在医务所内等药时随手翻开一页《哈利·波特》，尽管是重读再重读又重读，第N次了，依然一看即笑，笑如初读。我望见，马上知道病情不太碍事。这次则是把书放在床边，完全失去了翻页的意愿，充分显示，嗯，用广东话来说是“唔对路”，若讲闽南语，则是“代志大条”。

于是跑了两次牛津医院的急症室。都是晚上去的，人多，排队等候。还好，十六岁以下病人有优先权，等不太久，半小时即见到医生。两次都照了X光，肺部没问题啊，应该只是感冒病毒，吃抗生素便没事了，医生和蔼地说。可是书仍是看不下去，那表示，病仍然没好，而且小女孩对抗生素过敏，全身红疹如中毒，眼神前所未有地呆滞，幸好仍像以往生病，没流半滴眼泪。

第三次看医生，是从牛津回到伦敦，朋友介绍一位从香港来的华人医生，在市中心一幢楼房的三楼，竟然没电梯，只有旋转的木楼梯，很古典。可惜如今没心欣赏了，只能集中力气，把已有相当体重的小女孩抱起来，一口气冲上楼梯；到了，把她放下，双手已经累得颤抖。

华人医生诊断了半小时，亦是和蔼地说，肺部没问题啊，应该只是感冒病毒，吃抗生素便没事了。那我就放心，不妨继续行程，阿姆斯特丹、布鲁塞尔，以及其他几个欧洲城市一路玩下去。

在英国看完三次医生

在英国看完三次医生，小女孩继续发烧咳嗽。我心想，既然医生说没事就不会有事，顶多是疲倦难支，但只要到了阿姆斯特丹，看见风车，看见凡·高博物馆，看见 Anne Frank（安妮·弗兰克）纪念馆，亢奋起来，不药而愈，是可能的。

更何况再在伦敦停留两晚，可以看两场音乐剧，心情好了，病魔便走；心理学家都是这么说的，不是吗？于是决定继续行程，也不希望浪费已订好的 Eurostar（欧洲之星）火车票和各城旅馆房间。

然而“幸好”在伦敦第四天的晚上，半夜被小女孩的咳嗽声吵醒——那其实不只是咳嗽了，简直是求救的气喘，像向上天乞怜多一些空气、多一点恩典。她的眼睛是紧闭的，嘴巴是张开的，眼和嘴之间的皮肤是松弛无力的，完全失去了少年人该有的光亮与神采。

嗯，不对劲了，真的很不对劲了。我在心底暗怪自己的后知后觉，亡羊补牢，执起手机，致电返港，请旅行社老友帮忙调动机位。

立即返港，马上回家，这应该是唯一的选项。经过十多个电话的来往沟通，终于安排了傍晚的班机离开伦敦，打道回府，home, sweet home（家，甜蜜的家），回家总是最好。

其后的过程只能是“兵来将挡”地见招拆招。上机时航空公司怀疑小女孩有传染病，几乎不让登机。我要求她撑起眼皮，“演”出精神，她照办，故能过关。下机后李玲驾车来接，本想直往东区医院，但小女孩熬过了十三小时的漫长旅程，希望先回家休息，勉强吃了几口白粥始再踏进那不能不去的医疗空间。

往下便是八天的医疗搏斗了。在香港再照X光始知是急性肺炎，用药，试药，吸氧气，控制白细胞指数。前四天病情全没改善，且有药物过敏，剩下可用的药类不多了，绝对不能说不沮丧。医生说验出了细菌，在香港罕见，但在英国有个案报告，故很可能是从牛津老校舍内感染而得。人算不如天算，小女孩上了苦恼的一课。

唯幸到了第五天终于找对了药，那一针打下去，如同光明与黑暗的分界线。小女孩已经很久没有一觉睡到天亮了，醒来，揉一下眼睛，总算有信心地问：“什么时候回家？”而且自发病以来第一次流下眼泪。

星夜

从没想过在起雾时分开车上山是一件很浪漫的事情，明明有路在前头，却因没有路灯，加上浓雾锁目，眼前看见的只是白茫茫一片混沌天地。必须依靠车灯指引，车灯照到哪里，哪里便出现了一小截道路，寸步前行，仿佛车子变成了一台巨大的铲草机或推泥机，往前冲多远便开拓出多远的道路，遇佛杀佛，颇有禅意。

忍不住暗想如果此时把车子停下，把引擎熄灭，车子被包围于荒山野岭的浓雾中，沉静地，像遭一只怪兽吞噬进肚胃里，等待被消化的命运。而等待死亡，可以非常刺激。

更刺激的当然是突然迎头驶来另一辆车，四盏车灯对照互射，两面的司机隔着玻璃窗隐约窥见对方的脸容，都是绷紧的，恐防稍微放松即会擦撞。像两只相遇于丛林的雄兽，把背弓起来，张爪咧嘴，互相发出警告讯号。

道路是狭窄的，所以两辆汽车必须一左一右地微微偏开让路始可共存共通。待得车子安全驶过，没有噬咬，没有厮杀，两面的司机不约而同地踩油加速，似是侥幸避开灾劫，赶快逃离敌阵现场。

绕了四十分钟这样的山路始到太平山顶，头已晕了，比白天搭个多小时的乱流飞机更难受。把行李放进房间，本想吃饭，但早已过了餐厅的晚膳时间，旅馆员工把菜肉塞于便当盒内，冷冷的，不易下咽，故只吃了两口，宁可早睡而明天早起，吃点热腾腾的粥。

睡前当然没忘到草地观星。满天满眼都是亮的闪的所在。其实它们一直都在那里，只是平日没看见，必须在情人节、在这地方，始能像初识地互望遇上。此时她仰颈边看边说星星似乎每三颗靠成一团，隐隐有个秩序。而我呢，或许想念在远方读书的大女孩，故把星星都看成大女孩的眼睛，似在对我和她的母亲挥手微笑。

才看了几分钟，太冷了，又忽然想起鬼怪故事，我窝囊地嚷着快回房间。她因走得太急而路也太暗，失足踉跄跌倒，膝盖上皮开肉绽。那是情人节的美丽印记，又或者是凄凉血痕，视乎你的乐观与悲观。

三月好太阳

好久好久没经由罗湖进入深圳了，久到大概至少有五六年了，近日去了一趟，先开车到大埔墟的陈汉记叹碟牛肝肠粉和牛筋捞面，然后把车停到上水火车站附近的彩园邨，再搭火车到罗湖过关。是周日中午，人却不挤，确是适宜北行。

是第三次到陈汉记了。

在中文大学（中大）读过书的人都必知道这间大宝号吧？营业了二十多年的小小面店，由日到夜坐满人，经常要在门外排队等位，不设分店，独家独号，难怪能够长期保持高水准。第一次是去吃夜宵，某夜于深圳书城演讲结束，两位年轻人陪我回港带我到此，我是后知后觉地开了“口”界。她们笑道，没来这里吃过蒸肠粉等于白读了中大。我则说，那么中大应该颁个荣誉博士学位给这店老板。第二次是下午和一个人，吃得欢天喜地。第三次是大小三人，我吃得不多，但快快乐乐地看着刚回港度假的大女孩吃得欢天喜地。出外两个月，以前是左挑右拣，回来后变成什么东西都塞得下肚，再吃，恐怕我要准备一笔钱给她瘦身了。

大埔墟给我的感觉很好。可能因为第二次来时把车停在路边，找不到陈汉记，在广场旁的报纸档向老板问路。那位四十岁左右的“四眼”先生用夹着乡音的广东话说了几句，见我仍然一脸茫然，索性站起身对着远处指手画脚，愈讲愈兴奋，走离了报纸档五六米，几乎想把生意丢开不顾亲自给我引路。

或因我从未遇过如此善良的问路回应，所以特别感动。记得最沮丧的一回，是十多年前了，刚从美国回港，在北角寻觅一间茶楼，亦是向一位报纸摊先生问路，岂料才开口只讲了两个字“请问……”对方已经把脸仰起硬邦邦地回答一句“唔知（不知道）”！非常戏剧化，简直似《老夫子》漫画里的市井小坏蛋，令我几乎想下周便订机票再度离港算了。

这次吃完陈汉记照例再在大埔墟内稍作逛荡。吃了半碗亚婆豆腐花，在一间叫作“大日子”的茶楼门外略微怀旧，美中不足的是找不到半间像样的咖啡馆喝杯咖啡。然而三月初春的太阳高照，这已够好，开车出发北行，车上有大女孩，也有她爱听的 Lady Gaga，嗯，这已，足够了。

就在这一刹那，我惊觉你的完整。你有自己的感情世界，在自己的世界内，你是主宰。尚未满一岁的你已能完全掌握自己的喜怒哀乐。你生气，你高兴，你对父母亲已经有了属于自己的独特感觉。在感情世界里，你已经是一个独立的人了。

第二章　牵　绊

九三杂念

每年十二月底我都会腾出四五个钟头，将自己关在书房，和自己好好“算账”。

清算一下三百六十多天来的喜怒哀乐，回味与反省，后悔和前瞻，整理那在忙乱之中踏出来的生命轨迹。那是一本生命之账。

一九九三年的账特别难算。三月上旬我成为一个新生命的父亲，而这也令我自己变成一个新生命。天翻地覆，眼前世界与之前截然不同。最近写了一封信给推理小说作者青谷彦，其中有一段话最能描述我的心情：

半年才提笔写信，主要原因是这六个月过得太手忙脚乱了。三月初新当了爸爸之后，生活上固然忙得不可开交，心情上更是乱成一团，反复思索父亲角色的意义和新生命的意义。半年来，整个人变得十分“内向”，心力几乎全部放在马雯身上和自己身上。世界与我骤然断裂。到如今，此时此刻，仍觉世界在我眼前转呀转，转呀转，不知中心何在，不知重心何在。生活仍然过着，但忽然，一切变得陌生。朋友、亲人、工作、学业、前途、自己。

一切一切。在我眼中，所有人和事物全须重新定义。在这种情况下，我是无法好好提笔的。甚至，稿子亦写得很吃力。

在这种情况下，今年的账，纠缠不清，愈算愈乱。

难以算账只因情绪变得莫名其妙地强烈。记得七月时，小雯在台湾，我在美国，独看电影《城市英雄》。男主角被警方追捕，逃到公园，挟持一个小女孩做人质。小女孩的父亲向他哀求："如果你需要人质，抓我吧。放过她。"

一句话，就只是一句话，令我在黑暗中感动流泪。也经常想起阿尔·帕西诺在《教父Ⅲ》第一幕旁白的一句话："孩子是上帝赐给人们最珍贵的宝物。"有了孩子才体会个中意义，也才体会到"父母"两个字的意义。开始认为，构成"代沟"的最重要因素是：有没有子女。日常生活中的种种经验与观念，无论隔阂有多大、多远，大体上仍是可以用沟通来缩短，来拉近的。两代之间的最基本隔阂，其实来自"有没有子女"。上一代是子女的父母，下一代是父母的子女，两段生命截然有异，就是这么既简单又不简单。

代沟一直存在，直到一天，子女自己也变成父母。一九九三年的最后一个礼拜日，我走在圣诞气氛浓烈的商场内，看见一张彩色海报。海报上印着十多个天真活泼的小孩子。以前看过千遍百遍类似的海报，可是，这是第一次，我这样对自己说："我也有一个……"

完整

我觉得这是很有纪念意义的一天，二月二十日，距离你一岁生日大约两个星期。你在这一天向我发了生平第一次的脾气。这一天，我首次强烈感受到你的喜怒哀乐。这一天下午，在家，我坐在电脑前埋首工作。就是在编辑这本书啊。你骑在学步车内，跌跌撞撞，走进书房，走来我身边，举起双手，咿咿呀呀。你大概是说："抱我吧，抱我吧。"你平时也爱玩电脑，用拳头猛敲键盘，起劲地敲，似乎想表达一些什么。此刻看我一人独玩，便不悦。

然而我没有理会你，只伸出左手，轻拍你的背，敷衍着。你再咿呀一阵子，突然，转身轰轰轰冲出房间，跑到厨房拉着母亲的腿大哭大闹。哭闹声令我正视你的存在，到厨房看时，你已哭得一把眼泪一把鼻涕。我连忙弯腰抱你，但双手尚未伸至你的腋下，你大小姐双脚一撑地面，学步车迅速后退。

你竟然不让我抱！你母亲在旁哈哈大笑，介入，扮白脸，把你抱起。你将脸埋在母亲肩上，楚楚可怜。我说："妹妹呀，抱歉啦，来，爸爸抱。"

又是这样，双手尚未伸至你的腋下，你一扭腰，将身体牢牢贴紧母亲。你生气了。

你仍然不让我抱！

就在这一刹那，我惊觉你的完整。你有自己的感情世界，在自己的世界内，你是主宰。尚未满一岁的你已能完全掌握自己的喜怒哀乐。你生气，你高兴，你对父母亲已经有了属于自己的独特感觉。在感情世界里，你已经是一个独立的人了。

静静望着完整而与我分离的你，这一瞬间，我不太分得清楚今天自己到底是得到了些什么，还是失去了些什么。

我在春天和孩子有个约会

今天星期一，清晨，是威斯康星大学一周春假的开始，而春天非常合作，不早不晚准时降临。我是怎么知道春天降临的呢？用听的。孩子们的嬉戏追逐，孩子们的琴音叮当，孩子们的哭嚷号啼；春天来时，家家户户拉开门窗，孩子们跑进跑出，合奏成一阵久违了的春之声音，将我从睡梦中吵醒。睁开眼睛，乍见窗外天色清明，我知道，春天来了。

“还有多久春天才来？”K 问。——忽然想起卡夫卡小说《城堡》里有这样一句对白。“春天已经来了，在这里。”我在心里代替卡夫卡回答。春天来了，心情蠢动，本来打算利用这个假期写一篇长文章，现却无心恋战，只想玩，于是急急爬起床带马雯到花园草地上跑跑跳跳。听说香港父亲平均每天只花六分钟陪子女，若以此衡度，我真不是港式“标准父亲”，我每天花六小时陪她还嫌不够呢。

说来真感谢学院生活。或许只有学院中人（以及一些失业人士）才有如此奢侈的时间条件陪伴子女。在学院围墙外日忙夜忙讨生活的人，恐怕纵有心亦无力。香港的情况我不了解，此地现象倒有所闻。

前些年美国总统克林顿上台后通过《家庭与医疗休假法案》，准许上班一族多向公司请假回家陪伴子女，但统计数字显示，真正利用此法案请假的男人少之又少。原因？绝大部分是“不敢”二字。怕被上司、同事讥笑为“住家男人”而失去面子，怕因离开工作岗位而被抢去表现机会，怕请假太多而影响薪金收入。

另有一个非常耐人寻味的答案：怕不懂得与子女相处。原来许多美国父亲根本没有信心与子女好好相处，故宁愿避而不见，宁愿埋首工作不放假！

女性主义者常说：“妇女被迫在家庭与办公室之间做出两难抉择。”这可能只说对了一半。另一半没说出来（或有待男性主义者说出来）的是，其实男人亦常被迫在子女与办公室之间做出两难抉择，只不过被迫的方式稍有不同。

美国最近有人写了一本书，书名很恐怖但也很有趣，叫作《无父社会》。我猜，香港这些国际大都市不至于沦落至此吧？（既是“无父社会”，当然另外有人写书教女人如何母代父职。我手边另有一本叫作《取代父亲》的书，很有趣，有机会再谈）

好了，陪马雯玩了一整天，累了，写完此文便须早点上床“睡觉觉”（我愈来愈精于说童言了）。嗯，对了，去年编印了一本《女儿情》，今年可能再出一本《女儿态》，明年则出《女儿娇》，合为“女儿三书”。书出后寄一本给你。

陪她

开始练习画画，上课时，经常心不在焉，拿着炭灰色水笔在笔记簿上乱涂乱画。画花，画树，画小鸟，画人像笑脸。等小雯长大一点，我要画好多好多画给她看。现在不开始练习，怕来不及。有一张画我最想教她：一个站着的人，全身穿着戏服——广东大戏的将军戏服，威风八面，气势非凡。那是父亲教我画的画。我一定要教她。甚至开始练习听音乐。我的音乐胃口很狭窄，主要是听流行音乐，加一点爵士，偶尔听听古典，但绝对是门外汉，不求甚解。我的音感甚差，五音不全，别说唱歌，连讲话亦咬字不清。

然而我想唱歌给小雯听，而且想教她唱，陪她弹钢琴或拉小提琴。我希望自己有一双敏感的耳朵，能够欣赏她唱出的、弹出的、拉出的音乐。我不愿错过任何一个音符。

现在不开始练耳，怕来不及。

然而我最担心的始终是运动。小雯不会是一个好动的女子吧？会不会整天要求我带她跑步、跳绳、攀山？那可会要我的命。一直想开始健身，多做运动，然而实在提不起劲儿，也抽不出时间。有点担心：将来她要求我陪她做运动，我会不会自控不住，发脾气？运动可能是我和她之间的“最大鸿沟”。希望她能够接受我陪她跳舞。我是喜欢跳舞的，Disco（迪斯科），Rock and Roll（摇滚），都行。跳舞也算是运动呀。

想到这里，开始放心。读《三国演义》吧，我可以陪她读《三国演义》，读十遍百遍也行。但她可能选择读《红楼梦》。幸好她的母亲可以陪她读《红楼梦》，以及张爱玲。

相对

氢气球泄气了，飘不起来，垂头丧气地往地上坠。小雯小姐硬拉我的手去将球托起，她以为爸爸无所不能。对不起，有许多事情，爸爸是无能为力的。只好直说。马雯因而垂头丧气。蜡笔横腰折断了，各成短截，无法画出彩虹。小雯小姐将两截断笔硬塞过来，要我将之复原，她以为爸爸无所不能。很抱歉，断了就是断了，爸爸是无能为力的。又只好直说。马雯因而兴致全无。至此领悟亲子之事恐怕必有两面。

“养儿方知父母恩”是其一，相反也同是事实的一面，是“养儿方知父母不足”。

许许多多大事小事，很想替子女去做，然而做不来就是做不来，怨都没得怨。恩心与不足，紧紧相扣，正因有恩心才会以不足为不足，也正因有不足才惊觉恩心之浓。正如世间之一切相对物，永恒与短暂、圆满与欠缺、长与短、美与丑、高与矮……只有在相对的基础上才更显意义。

说来抽象，但只要真实活过，一定懂。

必有一天，马雯会比我懂。

时光机器

电视重播《回到未来》第一部，第一次看已是多年前，此番重看，不无感触。

最大感触是惊讶自己心境变化之大。

多年前看，对时光机器兴趣极浓，十分渴望现实之中有此机器。当时心想，如果能够回到从前，我想回到哪里？想做些什么？

生性悲观，悲观到极点，总觉生命无非荒谬一场，本不该来。于是，想到的是：我想回到出生之前，阻止我的父母结交为男女朋友（跟《回到未来》的情节刚好相反），不结交为朋友，他们便不会恋上；不会恋上，便不会制造出我这个生命。我便不必再面对人生，面对儿时的无知、青春期的羞涩、成长期的迷惘、成人期的彷徨，以及日后必然面对的困顿、挫败、衰退，是的，还有死亡！

多年后的今天重看《回到未来》，我可完全忘记了这些担忧。如果今天有时光机器，我实在对回到从前不感兴趣。我想做的，是前进到未来，看看小雯长大后的模样。先睹为快，看看小雯是一个什么样的女子。看看她的朋友、家庭、子女、事业，看看有关她的一切。看看，她喜不喜欢我为她写的文章。

不过这其实也只是想想而已。正如我不愿替小雯算命预卜未来，我也不愿意真的利用时光机器预看前景。预知前面的情状，无论是好是坏，总会影响眼前的感观与态度。我不愿意受此牵绊。好好度过眼前一刻，珍惜它，珍惜她，珍惜我和她，最重要。

什么鬼时光机器？烧掉它算了。

顽固的老爸

回程了。我和身边的人回到香港，小女孩，哦，不，应该已是大女孩了，却仍留在异乡彼岸。来此一趟只为出席她的中学毕业晚会。看她穿着墨绿色的校裙夹在同学群里走到台上。洋孩子们都个子高大，而她却特别矮小，几乎望不见她，但或许是出自父母亲的直觉吧，张望了大约一分钟，嗯，找到了，那不就是她？就是我的大女孩。一路走来，从三岁上学到十八岁多毕业，她都是班上最矮小的那个学生，然而在我和她母亲的心中，这不算啥。重要的只是，在，她在，她站在那里，堂堂正正地站在那里，一个阶段结束，另一个阶段开始，生命如此走来，我们都在观看着，欣赏着，支持着，鼓励着，分享着，那就够了。

晚会结束，学生们群唱 goodbye song（再见歌），家长们纷纷站起，骄傲地，这也是我们生命里的某个阶段的毕业典礼。欢迎加入我们的成年世界，亲爱的，大女孩。

然而，喜悦之后另有哀伤，那确是我的不对。尽管后来我传了手机短信对大女孩道歉，到如今，两星期了，仍然感到愧疚。

话说那夜晚会结束已是十点钟，大家都饿了，搭出租车前往唐人街觅食，找了一间日本餐厅，坐进去，又拉面又鱼生又清酒地吃个痛快。我对大女孩说，十八岁多了，已是可以结婚的年龄了，喝点酒吧。

大女孩向来是保守派，摇头不肯。

她愈是保守，我愈喜欢调侃她，故经常用认真的语气问道："你到底什么时候嫁人呀？赶快嫁出去，我和你妈妈便自由了！最好嫁个富二代，那么我和你妈妈便可变成自由的有钱人或有钱的自由人！"

大女孩明知道我在开玩笑，没有生气，只是懒得理我。

但这夜，我忽然认真起来，要求她给我一个"毕业之吻"。我说："老爸花了十八年心血在你身上，今天你中学毕业，送我一个亲吻，不算过分吧？"

她摇头不肯，说怎么会有女孩子愿意在大庭广众下亲吻老爸。

敢情是酒精作用，我闹情绪了，硬是要求，她的性格沉默的母亲见我们僵持对峙了五六分钟，终于插手劝她，她便听了，移到我的座位旁，轻轻在我脸颊上送了一吻。我笑了，但她哭了，哭得我很心痛。

就这样，这是一顿难过的夜宵。当夜她返回宿舍，我则往酒店，而在回去酒店的路上我传短信致歉。向女人致歉是我的强项，幸好，积累三十多年经验了。所以，大女孩再次被我逗笑了，原谅了她的顽固的老爸，幸好。

两代之间的赔本生意

父亲在报社工作，整整四十年，每天笔不离手，因为要兼写许多专栏养活妻儿，每写一个字都有稿费可赚，写出来的字就是钱，写满的稿纸就是钞票。尽管不算丰厚，听起来、想起来却颇爽快刺激。

然而父亲也写过一些没有稿费收入的字，那就是——家书。写信给子女，用稿纸权充信纸，把字写在稿纸上，寄出去，寄到子女手上，对子女给予叮嘱与提醒。确实用稿纸写信，反正那年头的稿纸都是从报社拿的，拿回家，厚厚一沓放在客厅桌子上，写什么都用它。

我于台湾大学求学和美国留学时曾给父亲写信，但不多；父亲也回过信，也不多。我妹妹于夏威夷读书时亦应曾跟父亲通信，但亦必不多。我暗自猜想的理由是，写稿赚钱久了，或许父亲对于稿子以外的书写活动已经不感兴趣，觉得写完了字而没钱可收，有点“吃亏”，不如不写。古人常说“惜字如金”，指的是心意上的虔敬，但对父亲和我这类“写稿佬”来说，却有别解。我们确是惜字如“金”，因为字等于金，没有金，便没有字，一买一卖，道理简单——家书当然可以是例外，可是也不应“例”得太“外”。其实远在放洋留学以前我和父亲已经偶尔互写书信闲聊家事，尽管两人生活于同一个屋檐下。想来难免觉得莫名其妙：明明可以坐下来好好用言语表达意见，却不，偏偏依靠用稿纸写成的家书沟通传意，仿佛唯有白纸黑字，一切始算踏实。然而这对“写稿佬”父子其实同时“吃亏”了，大家都没稿费可赚，对我们这个“稿神家族”来说，每一封家书其实都是一宗“赔本生意”。

天理循环，报应不爽，我女儿也从来不写家书，除了一回。我皮夹里至今仍然藏着一页从笔记簿撕下来的纸，上有我女儿于十一岁时的手迹。短短几句话，是写给我看的。那一夜，我忘了因为什么事情跟她吵架，把她责备一番之后，跟其母亲出门应酬。晚上返家，她已睡了，却在客厅桌上留下纸页，那便是留给我的“家书”，她写英文如下：“Sorry Daddy! I did not do it on purpose. I just made a mistake. Nobody is perfect, not even you! Your English is bad enough! Friends, again? ”（对不起，爸爸！我不是故意的。我刚刚犯了一个错误。没有人是完美的，包括你！你的英语就够糟糕了！我们还是朋友，是吗？）

怎样，看懂了吧？她的意思便是，一来道个小歉，二来调侃我两句，三来求个和解，连消带打，盼望父女之间重建和谐。

读完这封家书，我笑了。人家是“虎父无犬女”，我家版本却是，嚣张的父亲无谦逊的女儿。我耸一下肩，把家书放进皮夹，日后当作“遗物”，还给她。

桃花正旺好年宵

我家大女孩除夕夜打算，如常地窝在家里，看书看碟看爹娘，不愿出门。我皱着眉头劝她，出去走走吧，约几个朋友，到年宵市场逛逛吧。

她噘嘴摇头道："不去！"并反问："为什么要去？为什么要约朋友？"

从小沉溺于阅读的人或许都有"朋友冷漠症"。我想起阿尔维托·曼古埃尔，出生于阿根廷的布宜诺斯艾利斯，担任过博尔赫斯于失明时期的朗读助手，自小是"书精"，书本就是人间和天堂。对于阅读，他曾有动人回忆："阅读给我一个独处的借口。我最喜爱的阅读场所是我房间的地板，趴在地上，双脚勾在一张椅子之下。之后，半夜三更，在半梦半醒的朦胧状态中，我的床变成最安全、最幽静的阅读场所。我不记得曾经感觉孤独。事实上，在寥寥几次和其他小孩碰面的场合中，我发觉他们的游戏及谈话远不及我所读之书中的冒险和对白有趣。"

每回看见大女孩躺在床上读书，我便想起这段话语。然而我同样记得曼古埃尔写过的另一段文字："我随时准备面对鬼魂、死亡、会说话的动物或战争；我拟出到危险岛屿的复杂计划，想象在那里遇见辛巴达，并结成心腹之交。只有在好几年后第一次接触到情人的身体时，我才体认到文学亦有对实际事件力有未逮之处。"

正因如此，我力劝大女孩出门走走。不出门，怎么交朋友呢？不交朋友，怎会有桃花？没有桃花，怎能接触“情人的身体”和怎能发现“文学亦有对实际事件力有未逮之处”？

人，毕竟需要感受身体的温度，二十岁的成年人了，不算早了。可是我的劝告，应如所料，不会发生作用；当大女孩打定了主意，山崩地裂也改变不了。

青春时期的我可不是这样的。平常出不出门是一回事，在除夕夜，好歹要出门走走，否则留在家里，必有失意者的挫败感受。年宵市场是除夕必逛的地方了，跟两三个死党去逛，穿上自觉最帅气、最新潮的服装，我常在鼻梁上戴上一副没有镜片的黑框圆眼镜，在当时是标新立异，几乎没人这样做。路人用异样的眼光看我，心里必在骂“装模作样”，我却暗自高兴。万料不到三十年后的年轻人都爱戴眼镜框而不喜装镜片，我远远走在他们前头，我真是“先知”，所以又暗自高兴了一下。

桃花正旺好年宵。三十个年宵，年年在。在年宵市场上看见有框无镜的年轻人，忍不住想象他们三十年后的中年模样。确是，他朝君体也相同。

寂寞的书

小女孩从学校图书馆捧回一堆书。

“先前那一堆呢？”我皱起眉头问，“读完了吗？”她耸肩回道：“还没，先读这堆再说。”每次她都照例这样回答，像背台词一样，非常流利。

我也懒得理她了，即使理，也理不动了。她已经从书堆中建立了自己的小宇宙，宇宙里，有属于她自己的逻辑，不容置疑，无须辩驳，她是女王。

瞄一眼新借回来的书，其中一本好像跟虫鸟树木有关，比较奇特。她向来只爱读小说，没想到开始对知识类书籍产生了兴趣。女子的心理变化总是不可预期与掌握，是的，不管年龄多大或多小，都是。

小女孩坐在床边，翻开这本书，抽出夹在书内的借阅卡，上面只有一个记录：还书日期，一九八一年九月二十五日；借书人，Suzanne。

“那是二十七年前呀。”小女孩边惊讶地说，边数着手指头。

她的算术不好，连简单的都要慢慢计算才有信心。“记录上说，Suzanne 当时是个初中一年级的女孩子。”二十七年前？那么，到了今天，这个女孩子已是接近四十岁的中年女子了，比我只年轻几岁，而当时的她比今天坐在我眼前的小女孩又年轻几岁。

望着那张借阅卡，父女俩没说话，似是各有联想。小女孩没说她在想些什么，而我在想的是，这个中年女子如今正在做些什么？是何职业？主妇？律师？秘书？医生？作家？是否亦已经有了自己的小女孩，甚至有了不止一个？她，快不快乐？

应该快乐吧。如果这么冷僻的书亦能引起她的阅读兴趣，想必是快乐的。我向来坚决相信，喜欢阅读的人是快乐的，至少是比较容易暂忘不快乐，遇上烦恼，翻开书页，便能找到一个想象快乐的空间。

沉默了半刻，小女孩仿佛找到了思考的答案，缓缓地说，带些感叹："这是一本寂寞的书。"寂寞的书被放在书架上这么多年后，才再次遇上它的读者。但两个时代的两个小女孩在书上相遇，总算是有了一丝丝的温暖。

因为有了读者，寂寞的书应该不再算是寂寞了；这是我今晚从小女孩的书上所寻得的最大启发。

另外一个魔法阅读天地

最近读到杂志上的一篇访问，作家 Philip Pullman（菲利普・普尔曼）表示，在成名和发财以前，他经常躲在居所旁边的一间小木屋埋头写作，因为他的儿子喜欢拉小提琴，令他很受不了。

拉得似杀鸡？刚好相反，是太好听。Pullman 回答：“写作时，我必须专心聆听在自己大脑内响起的下一个句子的音律，我能够忍受嘈杂的交通、孩子的哭闹，但无法忍受美好音乐的吸引和竞争。”

我在这里抄下 Pullman 的访谈，理由有二。

首先，是想跟你分享自己的写作和阅读心得。年轻时已经常奇怪，为什么同学们能够一边听音乐一边写功课；成年后，我仍无法边听音乐边写作，一听就写不了。一直说不出个中原因，这次读到 Pullman 的回答，深有共鸣；他的理由就是我的理由。

其次，是想建议你买一些 Pullman 的书，鼓励孩子阅读。Philip Pullman，是英国当代著名作家，住在牛津，写作数十年，四十岁才走红。他写的奇幻童书被誉为跟《魔戒》同级的作品，屡获国际大奖；他的一套《黑暗物质》三部曲，糅合历史与冒险，足以开拓青少年读者的眼界和想象。你的孩子读完，收获必比读《哈利・波特》丰富（至少我是这样相信的，但我的女儿必不同意）。这套小说由一个父母双亡的小女孩的奇妙遭遇说起，她被卷进一个魔法阴谋，终而要负起拯救世界的重担。女读者可以一边看一边认同主角的勇气和智慧，不像《魔戒》，称王称霸的都是男人。

《黑暗物质》的中译本由台湾缪思出版社出版，在书店和网上皆可买到。这书也将拍成电影，又必引起另一番流行浪潮，让你的孩子走到浪潮前头，先读此书，到时便可把电影看得更投入了。

子女阅读

《哈利·波特》第六部准备上市，一些孩子为了迎接新书，特地把前几部从书架上取出重温，算妥时间，读到第五部的最后一页时刚好周末。接上第六部的第一页，便是完整的阅读行动，有如看电视剧一样有头有尾，非如此无法获得最大的过瘾。

女儿正是这群孩子的同类，花了不少时间在“过期”的《哈利·波特》里重寻旧梦。为了把她从重复阅读的旋涡里“拯救”出来，我施展利诱计，只要她愿意放下早已读过的书，改阅一本中文作品，老子便准许她买额外三本喜欢读的英文小说。小女孩眉头一皱，心里盘算，咦，很合算，点头答应。然而答应归答应，她总无法信守承诺，捧起中文书，读不到五页，立即抛弃，再次把头埋进让她觉得亲近的洋文里。

或许阅读如饮食，十二岁的孩子已经自有主张，家长勉强不来，所谓“名人推介”也吸引不来，唯有自己在书海里闯荡，靠运气，靠缘分，遇上了便爱上了，前头风浪一肩独对。读书有如在一个孤岛上驻扎露营，满天星斗，任你独具慧眼地仰颈寻觅，星光映照在你眼里，也只有你一人最能感受到真实的璀璨。

台湾年轻作家林维谈及儿时阅读，追忆父亲的书架，曾经写过动人的一段回忆：“其实我非常怀念父亲的书架，怀念那个缩在角落里幼小的我，能够那么津津有味、心无旁骛地读着一本书，尤其怀念每当妈妈喊我吃饭洗澡时，我拼命往书架的阴影里挤，恨不得消失在书与书的缝隙里的那种心情。”

有一回她跟父亲吵嘴，引用哲学思维跟父亲驳辩，其父激动得把书架上的书统统扫到地上，并在一本哲学书上狠狠地踩了两下，跟着几近仰天长啸地叹道：

“这么些书有什么用？害了自己的女儿……”

不久以后，书架空了一半，很多书不见了。

这样的一位父亲未免过于自苛，其实当子女开始阅读，便是开始思考，也就是开始独立于父母的头脑以外。给子女一本书，便是给他们一个起点，让其从此一砖一瓦地筑起自己的生活城堡。这是一段极细致的设计历程，子女意志是主导，远非父母所能控制；当城堡筑妥，父母亲也就只能在堡外咚咚敲门，然后客气地进来问好。

堡内风景，正如吉凶，除了你自己，谁能承担？

选礼物

小女孩迷上音乐剧*Wicked*《魔法坏女巫》，上回在伦敦，明明买了票，偏偏生病，连夜改机票返港，看不成，遂引之为二〇〇八年度的最大遗憾。

那个晚上的挣扎记忆犹新呢。

傍晚躺在酒店房间，发烧，喘气，动弹不得，连诱带逼拉她到街上吃点东西，是最爱最爱的炸鱼薯条。只有一个街口的距离，走不动就是走不动，才走几步，她嚷着转身回房。那时候我心知肚明，病情一定非同小可了。

其后把电脑接上网，虚拟空间的朋友对她千呼万唤，才上线几分钟她便自动关机爬上床瑟缩在被窝里。那时候我更心知肚明，情况糟糕，非常糟糕。

曾有好几分钟我亦有过挣扎：要不要多留几天，让她看完音乐剧，也休息够了，再回香港？这么疲累，还要她熬十几个钟头飞机，不是太残忍了吗？

幸好很快便抗绝了这懦弱之仁，一咬牙，狠下心，飞就飞吧。不管病情好坏，先回家再说，好歹是自己的地方，在自己的窝里跟病魔搏斗总是比较有把握。

于是便回来了。原来是急性肺炎，躺在医院试药多天，捡回一条小命，前面写过，不赘述了。

这里想说的是这个圣诞她要求的礼物是一本书，书店没有，只好在网上订购，好厚的一本，邮费连书价等于双倍收费，若非死忠粉丝肯定舍不得购买。唯一值得高兴的是刚好在平安夜中午寄抵家门前，一个沉重的小箱子，邮差按铃双手送上，在小女孩眼中，等于圣诞老人再现人间了。

她当然是欢天喜地的。快乐就好，生命苦短，快乐最大，这点浅显道理我不懂了四十多年，直到看见小女孩戴着呼吸器躺在医院床上，我才领会，希望不算太迟，相信亦不太迟。

稍微不如人意的是，这份“自订礼物”剥夺了我亲手挑选购买礼物的亲子乐趣，有点像送现金或礼券，同样付钱，却总欠缺了心思的投入。

这些年来每个圣诞都为小女孩选择礼物，想不到可恶的网络取代了我的心思责任，而小女孩也早已变成大女孩。不管我情愿与否，她都会用自己的意志来凌驾父亲的意志。

从此，我自由了，却亦，我失落了。

偶尔回到了现实人间

睡前阅读向来是一天之中最舒服、安畅的短暂时刻，但近来睡前阅读忽然变成苦差一桩，只因被家里的大女孩强迫阅读她所喜爱的一部小说，以便有更多的共同话题可以跟她聊天沟通。这部小说，中文名叫作《冰与火之歌》，作者是六十四岁的美国人乔治·马丁，曾被《时代》周刊列入全球一百位最具影响力之人物名单内，红到发紫，尽管他的小说让我看得两眼发黑。

小说当然是好的，否则怎会既叫好又叫座？

《冰与火之歌》首卷出版于十五年前，那年头，马丁老兄已是好莱坞的著名编剧，钱赚够了，很想专心落实写作理想。他是奇幻小说迷，理想自是写出一部能被传诵千古的奇幻小说，于是闭门在家做了大量资料功夫，构思又构思，改写再改写，终于交出一张亮丽的成绩表。这系列小说已出版了五卷，全球畅销逾亿册，并被美国 HBO 电视网拍成电视连续剧，连电影版本亦将现身，全方位吸引粉丝追捧。

马丁老兄是个妙人，对于手里进行的事情极度专注，《冰与火之歌》说的是七大奇幻王国争权夺利的故事。在家中书房里写作时，他每天化身为不同的角色人物，用他们的视角观察世界，遂亦体会到他们的喜乐感情，有时候仰颈大笑，有时候伏桌大哭。他的家人说，那不是书房，“觉得书房里坐着一个精神病人，而那是精神病院”。马丁回忆那段日子，亦道：“这些年来我都住在七大王国，偶尔才回到现实人间。”

可惜七大王国终究在我身上发挥不了吸引力。我爱读小说，却一直进入不了奇幻世界，许多年前陪女儿读《哈利·波特》，文字浅显，故事轻松，尚可应付；后来又陪她读《魔戒》和《霍比特人》，文字优美，简直接近纯文学了，读来亦有趣味。这两套书，我都可以直接阅读英文版。对于《冰与火之歌》，我却无能为力，文字艰深，情节跳跃，好人忽然变成坏蛋，坏人忽然变成英雄。我知道如果能够耐着性子读下去，肯定乐趣无穷，但我从第一章开始已经被那些复杂拗口的英文姓名搞得头昏脑涨了，唯有急急放下英文版，改读中译本，只不过，依然觉得吃力，阅读速度甚慢，简直翻页维艰。

所以我仍在努力，现在已经读到第三百七十五页了，第一卷读完后，还有第二卷、第三卷、第四卷……《冰与火之歌》里面有个金句是“the winter is coming（凛冬将至）”，对我而言，正是如此。但，请勿同情我，只要有助于我跟大女孩沟通，虽然痛苦，但我痛苦得心头温暖。

潮师

初见马雯的老师时被吓了一大跳，怎么是个身披黑皮衣、鼻戴金扣环的短发女子，像搞音乐的摇滚乐手而不似幼稚园老师？

印象中的幼稚园老师皆属“妈妈型”，斯文温柔，倾向保守。由“摇滚型”女子教导小孩子，可靠吗？

后经观察，才怪自己多心。穿黑皮衣的人不代表无耐性，她有自己的一套，不仅可靠，且有“额外效益”。例如她对性别平等观念尤为重视，某回听她读漫画书，念到女巫作法害人时，她突然停下来，对一群小小听众强调：“男孩子也可能做巫师，不一定只有女人才会做巫师害人。”

孩子们傻乎乎地望着她，似懂非懂。我却是懂的。男女平等应该从教育开始扎根，漫画书作者追不上时代没能改正，说故事的人便更需要自觉，处处提醒。

自问难以全盘改正旧社会大男人习气，把孩子交由新时代新女人来管来教，必更有效。管她是什么形象，怎么打扮，那是她自家事，让马雯学懂男女平等才是我的事。

圣诞·餐厅

小女孩学完法文，下课了，我们在湾仔集合，找地方吃饭，本想好好大吃一顿算是预祝彼此圣诞快乐，但街头实在人山人海。头晕了，懒得左找右找，索性走进一间二楼小店吃西餐。

“去吧，陪老爸怀旧去。”唯恐她不肯，我替自己找一个理由。

她却是喜上眉梢，好好好，不断点头。在小女孩心中，圣诞餐显然属于西餐，不管早吃晚吃，不管高档低档，总之就不能不吃西餐。

于是一客数十元的简单牛扒，肉质松垮，淋满豉油，但以圣诞的名义，终能令小女孩和她的家人吃得兴高采烈。

之于小孩，西餐隐隐有着说不出的魔力。一切或许从踏进餐厅开始，灯光暗淡，心情放松，就算明知道不是身处于什么年费数十万的会所，自然而然会把声调压低；坐下来，点了汤，选了牛扒，一道菜接一道菜地上，那是有条有理的吃食仪式，像五线谱上的音符，井然有序，乱来不得，跟吃中餐时的“自由主义”截然有异。再而拿起刀叉，横切侧割，那是一场谨慎的游戏，对孩子构成了自律的挑战。他们小心翼翼地享受控制和被控制的快感，伴随着口舌的愉悦，简直是双重的享受。

“啊，好味道……”小女孩咧嘴而笑，桌上有小洋烛，火光映照着她的眼睛，如果用电脑放大一百倍，或可看见瞳孔折射的圣诞树影。

多少年了，上回我在这餐厅里对母亲说着相同的话。那年头来这修顿球场旁的湾仔小店已算是“高档消费”。一年一度，母亲带我和姐姐来吃“圣诞大餐”，丰盛的餐碟盛满仿佛一辈子也吃不完的食物，还有用餐后的小礼物，还有餐厅角落摆放着的圣诞树，还有喷洒在树上的仿雪粉末。我趁侍应生不察，偷摸着它，沉醉于幻想在雪里散步的滋味到底如何。

还有啊，曾经有一年，有一位带着女伴坐在邻座的美国水兵替我们付了账，我当时相信他是因为觉得我和姐姐很可爱，如今回想倒不排除他也因为觉得我的母亲很可爱。缘起缘灭，刹喜刹恶，总有无人能够说得准的理由。我已忘记当母亲牵着我和姐姐的手步离餐厅，有没有深情款款地回头再看一眼那位善良的外国人，但说不定那位先生亦曾隔着二楼的玻璃窗往下观望，目送她和我们姐弟缓慢走远的高矮身影。

这样或那样的故事，我极想极想对小女孩述说。等着吧，等到一天，她已经明白什么叫作浪漫和依恋。是时候了，我将对她把所见的和所经历的娓娓道来，而我深信，她不会没有同感。

乐观与执着

小时候，每隔三个月便见母亲把家具搬来移去，客厅本来就很小，就只那几件家具，怎么搬、怎么移都变不出一个豪宅。

可是，她偏偏喜欢搬弄。她是一个贪新厌旧的女人，责任所在，换不了家，唯有移家具。

“幼承庭训”，我便也贪新厌旧，有了把家具搬东搬西的“瘾”。每隔半年，某个周日下午，我坐在客厅，眼睛往四面墙上瞄来看去。小女孩见了，便会皱紧眉头，立即躲进睡房，因怕我拉住她，要求帮忙一起玩“家具大风吹”。

她刚好跟我相反，十年不变。床是小学三年级买的，到了中学三年级仍在睡。书桌是旧的，书架是旧的，椅子是旧的。她喜欢坐在固定的位置看书，就这样低头看书，把自己看成一座雕像。

小女孩连衣服也是旧的。因为个子长得矮，有些衫裤竟可穿上三年不必更新，我笑她，很好啊，长大后演戏，可以演《魔戒》的霍比特人角色。

她认认真真地回答，霍比特人比我还矮。乐观的孩子，永远快乐。

对于打扮，小女孩颇为执着，只穿牛仔裤，从不穿裙子，只有校裙例外。

前阵子，舅舅结婚，她跟我到台湾喝喜酒，我强迫她穿上长裙，她几乎掉眼泪。她穿上后，站在镜前左看右看三分钟，终于把房门一关，两分钟后，再走出来，已经换回牛仔裤和凉鞋，对我耸耸肩，表示没有谈判余地了。轮到我被气得几乎掉眼泪。

执着的孩子，永远快乐。

最近一次玩“家具大风吹”，在家中角落，找到一尊四面佛。铜制，颈部有斧痕，很明显是砍下来的。二十多年前我在中南半岛做记者，在菜市场上，一个男子鬼鬼祟祟地走近，展示怀里用格子毛巾包住的佛头，眨眨眼，索价五十美元。

我买了，只为“贪靓”，而自此一发不可收，有了小小的收藏佛像的“瘾”，但没资格收古董，收的只是现代手工艺品。虽然在心里一直狐疑，这个小佛头，是否来自吴哥窟？是否，时值，一千万？

瘾是好的，是重要的。“人无癖，不可交”，小小的渴求，替生命增添了沉稳的乐趣，否则，容易翻船。

时光的礼物（演讲）

Hello，大家好！我是马家辉，南方的老土豆，从香港过来，觉得蛮寒冷，可是今天来到这里感觉非常温暖。

这个派对主题是时光，那我给它加了三个字，变成：时光的礼物。每一年年末的时候，我总收到上海一个年轻朋友寄给我的一个礼物。过去有十年了，她都寄给我这个礼物，是什么呢？是一个台历，每个月份一页，一共有十三页——因为有封面嘛。每一页都是我的照片，封面也是我的照片，她从不同的平台下载我的照片，如一月，马家辉在哪边，然后标上月份、天数……很漂亮，我看了非常感动、非常温暖。

对我来说，那当然就是时光的礼物，可是，我心里也是觉得有点怪怪的，不踏实。因为这个小妹妹，从平台下载我的照片之后，她很好心还给我修图，把我修得像个精神小伙一样。我说："这真的是我吗？"她说："马老师，是你，这是我心中的你。"我说："那好吧，就这样。"可是还是不踏实，觉得不真实，毕竟我有了年纪了，把我弄成精神小伙，好像要准备出去约架一样，那我就觉得怪怪的，可是也感谢嘛。

另外一个不真实，是因为刚开始接到这一份礼物，我就感觉每一页、每个月份给我选的照片都是好的、美好的，而且是修了图的美好，让我觉得好像不太踏实、有些距离，跟我过去一年的生活有些距离。

可是我回头想，也想通了，想明白一个道理，她送这个台历给我不是为了总结，不是为了记录我过去一年的生活。我感觉这位年轻朋友是为了提醒我：过去一年，没错，生活里面有委屈的部分，有不堪的部分，有时候有很困顿、很疲累的部分，可是你不要忘记，过去一年毕竟总有那些美好的片刻，美好的 moment（时刻），那个是重要的，甚至是更重要的。

我觉得她给我台历就是一个提醒：眼睛要放在这个美好的 moment、美好的片刻上面。为什么，因为不管过去一年或者生命一路走来有多少的困顿、委屈、不堪，让我们有勇气、有毅力往前走的，其实不是那些不堪，而是那个美好的片刻、美好的 moment。

我个人回看上一年，总有懊恼，总是觉得：为什么我好像无法成为我心中想成为的那个好人，达到那个好的状态呢？为什么有些时候我明明不想做某些“坏事”，最后的结局好像跟我期待的有一段很明显的距离呢？回看过去365天也好，3650 天也好，总有这种感觉，我称为“黑暗的感觉”。

可是让我继续走下去的，没有重度抑郁症，躺下来、哪里都不去、什么事都不好好做，不是这些 moment，相反，是美好的片刻、美好的 moment。因为回看过去，我总是能够（或许我的运气很好吧）想到、看到、找到美好的事、美好的人，或者是一些寻常的人，他们做了某些美好的事，让我觉得有一些美好的moment，然后我就觉得，那就是我的盼望，对于未来的盼望。我过去没做好，不表示我今年不能做好；我过去做了某些我觉得不太好的事，不表示我今年还会继续做，我会改的。这句话我也跟我老婆讲了好久，“我会改的，放心”，她也相信我，她对我的信任也是一个很好的、美好的moment。每一次她说“好吧，我信你吧”，我就觉得“哎，不错，这个世界上还有人相信我”，我觉得我就有力量真的往前、往美好、往盼望的方向走。

我觉得回看的焦点非常重要。我想起那个很著名的导演山田洋次，他在两三年前有一部电影在香港翻译为《男人真命苦》，在内地就翻译为《寅次郎的故事》，是讲一个男人三四十岁，吊儿郎当，整天到处闯祸，可是又带给人家一些很卑微的、小小的温暖。在那部电影里面，靠近结尾，寅次郎拿着那件西装外套往前走，要离开家了，出去闯荡，可能又要出去闯祸。他走到一半，他姐姐的儿子就从后面来喊住他：“哎，舅舅，舅舅。”他说：“什么？”那个小朋友说：“舅舅，我们人为什么要活着？”寅次郎想了一下，就说：“或许就是为了总有那么几次的机会，我们能够感慨，原来生命还是有美好的片刻值得回味。”

我觉得这个对白对我个人来说非常动人、非常浪漫。不管你熬过多少的困顿、委屈、苦难，你一定要问一个问题：为什么还要活？假如那么痛苦、那么难受，可能真的是为了把时间拉长之后，我们回看时总有那么几次机会感慨：哎，不错呀，有些moment值得回味。

当我们回顾了美好的moment，不堪的时刻也有，那就有一种暧昧的状态。我又想起外国有一句话说the hour between dog and wolf，简单说就是“狼狗时光”，就是每天有个时间，大概是太阳下山以前，天色很不清楚，远方走来一只动物，但你看不清楚到底是狼还是狗。假如走来的是一只狼，很危险，你会被吃掉；假如是一只狗，那你可以觉得它很可爱。

许多人把狼狗时光这个概念用在写作上面，我们写出生命里面最暧昧的、最阴暗的、最纠缠的，好跟坏的纠缠的体验，通常是最动人的故事，那是写作的、文学的说法。我个人觉得不只写作，生命里面几乎每个moment都是狼狗时光，不能说每个，太多的moment，我们不能确定前面发生的、前面来的，到底是狼还是狗。

可是我们又要学，不能只是焦虑、恐惧，我们要学习那些挑战，来了狼，你要懂得躲开，甚至把狼制服；来了狗，你要懂得用你的爱心照顾狗，跟狗一起生存。所以，生命对我来说本质就是狼狗时光。一段一段的狼狗时光我们慢慢走过去，走下去，对我来说就是这样。

这样一路走下去，那生命就会在时间的维度以外留给你一个东西，叫作什么？岁月。时间跟岁月是两个不一样的概念，时间就这样过去了，一路过去，不为谁停留。可是，岁月不一样，岁月是有质感的东西，它是你的岁月，不是别人的岁月。时间可以是别人的时间，岁月是我的岁月。而驱动岁月往前走，让你在岁月里面有满足感、有希望的就是美好的moment。所以在那个狼狗时光里面，假如你处理得好，有足够的运气跟技术，那时光就会留给你一个岁月的礼物，好像那个气味久久不会消散。

说到这里，最后我稍稍分享一个去年的故事吧。因为我父亲前年底去世了，离开了，我对我父亲那一边的历史一无所知，因为我父亲不太说话。为什么？因为我妈太爱说话了，我妈整天都在说话，我父亲只好沉默以对，“沉默”是应付一个很爱讲话的太太的一个技巧，所以我就没有听到我父亲讲任何他家族的故事，他家族也没什么人。

他离开之后，有一位长辈，原来是我父亲小学的同学，很久没联络，他传了两篇作文，是大概七十年前，我父亲小学三年级写的作文，是校刊里面的作文，很小很短，几十个字，两段。是什么呢？是我父亲写给他父母亲的信。因为我父亲小学就住校，那个周末要考试、要温习，没有回家。他就写信，说：“父母亲大人，我在学校这周不能回来，这个礼拜，非常想念你（们），可是我也安全、温暖，你们放心。”大概是这样。另外一段也是我父亲写的，也是几十个字，写他父亲是做什么的，在什么公司上班，他妈妈是个护士，就是我的祖母是个护士，家里一家三口很温馨，大概是这样子，很短的文章。

在我父亲离开之后，我读到这两篇文章，诸位可以想象我的感觉，我感觉就是父亲留给我的时光的礼物。一再读的时候，好像看到一个小时候的我的父亲在那边写信。那个年代还不是用手机写，不是用电脑写，是用笔跟纸写信给他的爸妈。我对我那位陌生的父亲、父辈马上有个故事，有个画面，完全连接起来了，画面上有我、我父亲、我父亲的父亲跟母亲，也就是我的祖父祖母。我觉得这是我父亲离开之后留给我最温暖的、最动人的时光的礼物，当然我也非常珍惜。

我很喜欢的一句话也说，对于某些缘分，跟人的缘分也好，人跟事情的缘分也好，只要你不贪心，那就是礼物。假如你执着了，那就是惩罚，因为它没有了，过去了。我是从这个角度来看时光。时光跟岁月不一样，你不贪心，你懂得欣赏、珍惜、回味，那就是礼物；你执着、坚持，你贪心，那就是折腾，那就是惩罚。

报喜不报忧

有位住在上海的朋友，每年终结时都会寄来一个小包裹，是一份定制的月历，十三页——每月一页加上封面。每页是一或两张照片，从我的社交平台取得，择优择美而选，记录了我在过去一年里面的明亮片刻。旅途中的、工作中的、日常生活里的，都是愉悦的时光。但与其说是记录，毋宁更在于提醒我，日子再忙乱、再有不快的遭遇，终究亦有开心灿烂之事，这便值得了，不是吗？

感恩于有这样的“报喜不报忧”的朋友，等于在一年之始替我加油打气，做我的啦啦队，撑持我继续前行。这是最佳的新年礼物，有此缘分，我是何等有福气。

抚摸着月历，再次联想到山田洋次早些年那部《男人真命苦》。吊儿郎当的寅次郎把西装外套搭在背后，戴着草帽，吹着口哨，轻快地步离家乡。这个生活破碎的中年男子，粗心放肆，一辈子最大的快乐来自四处闯荡也闯祸，仿佛不服气于平凡的日子，尽管也无法干出什么惊天动地的大事，却亦满足于在一回又一回的小奸小坏、小好小善里体验跟先前不一样的时时刻刻，听不一样的笑声，说不一样的情话，惹恼不一样的人。怪不得当他回来之后再度离家，外甥从远处把他喊住追问“舅舅，我们人为什么要活着？”的时候，他会既认真又儿戏地耸肩答道：“或许就是为了总有那么几次的机会，我们能够感慨，原来生命还是有美好的片刻值得回味！”

之于他，这便是人间真相；又或者，之于绝大多数的平凡之辈如你我他，这确是人间真相。

每年的月历提醒了我，也协助了我养成报喜不报忧的习惯。年末年初，回顾回望，难免念及一些难堪难过之事，但很快便把念头转移到美好美丽的人、事、物上，感其恩，念其善，惊讶于原来生活里有过这样的愉快。有些是刻意创造的，如在忙碌里排定旅行的时段；更多的却是意料之外的好遭遇，如朋友的邀约聚会，如忽然而来的奖赏与获得，如得到了预期以外的掌声和肯定……甚至品尝了几顿让我喊出一声“哇哦”的美食，买到了不易寻得的人偶手办，在异乡偶遇一位多年不见的旧识……点点滴滴都是寅次郎嘴里说的“值得回味的美好片刻”。何其幸运，都是回忆里的温暖源泉。

报喜不报忧，让我的回顾里即使仍有怨恨的痕迹，仍然只是淡淡的、可以忽略的，而且必会自动消散的，人类的记忆空间比计算机磁碟更珍贵，本就不该让怨和恨以粗暴的形式霸占浪费。当你愈把焦点放在喜事上，愈能把委屈的经验铲走，渐渐地，让喜悦把空间填满，于是更有往下走去的强大力量。

然而报喜亦要报恩。记住曾经帮助你，鼓励你，或以不同的方式让你体验到美好片刻的人，在适当的时候，回送美好，而不只是一句 thank you（谢谢你）。双份的美好，是懂得有恩报恩。

猫好月圆

年年中秋都要对家里的猫咪说声“生日快乐”，七年了，我幻想它听得懂，因为当我说时，它总傻愣愣地望着我，淡绿的眼珠子盛载了满满的温柔。

可惜现在不如以前，不流行让猫咪进食现成猫粮以外的食物，否则我亲自给它弄一尾美味的鱼，当作它的生日盛宴。如今唯一能做的，是在小碟子里倒半包它爱吃的“怀石料理”猫点心，算是“斩料加餸”，希望它懂得自爱，吃完之后，在客厅多跑几圈减肥。

中秋节是我猫的生日，但纯粹由我认定。七年前从某团体手上把它领养回家，那一天，农历八月十五，猫好月圆，从此不离不弃，也就有了一年一度的“贺寿”仪式。我作为主人，仁至义尽了，尽管我猫不言不语，态度骄慢，猜想它心里对我不无感激。

除了替猫“贺寿”，在中秋之夜，当然亦该跟家人共聚欢度，打牌、吃饭、喝酒，是免不了的指定动作。今年稍微特别。父亲马松柏病逝于去年底，这是父亲去世后的第一个中秋节，心里难免有额外浓厚的感慨。

几个月前已与家人约定赏月，在我家，大概十三四人，各自张罗月饼、其他食物和酒。酒是必需的、不可缺的，为的并非我们，而是亡父。他嗜杯中物，在报社工作数十年来，夜夜下班后无酒不欢。年初丧礼那夜，灵堂挂起我写的不算工整的挽联：一径松风慈荫拂，柏叶开枝，忽焉期尽今朝，逍遥掷杯归天上；满惭慈泪辞严诲，浮光映月，乞图缘续来世，伴父再醉好人间。转眼到中秋，答应了便是答应了，如同此后的每个节日，不可能不备好父亲生前最喜欢的XO洋酒和他最爱吃的炸春卷，然后在餐桌上替他布置一套碗筷和酒杯，敬如在，一家人和父亲好好地吃喝聊笑。如果你问我在中秋之夜可会念及唐诗，我的回答是，会的。会想起张若虚的《春江花月夜》，尤其这几句："人生代代无穷已，江月年年望相似。不知江月待何人，但见长江送流水。"

对了，中秋亦必打麻将。跟以往一样，在吃饭前攻打四方城，在噼里啪啦的搓牌打牌声浪里共享热闹，只不过父亲今年无法下场了，但也许仍然躲在某处观战。麻将和酒，是亡父的最爱了，岂能有酒无牌？岂能不再在牌声里纪念亡父？

但问题来了：猜想姐姐、舅舅和姐夫在坐下前必跟我一样，暗暗祈求亡父庇佑每手都拿一副好牌，而父亲在天之灵收到我们的所有讯息，岂不非常烦恼，无法判断该让谁在牌局里取得最后胜利而不伤我们的感情？这可是亲情大考验。亲爱的父亲啊，抱歉了，要害你大伤脑筋。

没法子了，世事难求完美，谁胜谁负，好牌烂牌，也不一定全由亡父说了算。也许他什么都不会做，只在我们看不见的空间里，欣慰地，陪伴我们打麻将。这是他最大的满足，亦是我们的。

最起码的温柔

到朋友家吃饭，他们养了几只乌龟、一只鹦鹉，之前还有一条十五岁的老狗，可惜去年吃了一块肉噎到，就走了。那条狗是他们前两年从德国运送回来的，花了好几万块，一起移居到香港，是宠物，也是家人。

他太太谈起往事，说在德国的时候，有一回，两人吵架，老公清晨离家出走，最后带了一个背囊，手上提着一个小盒子放着他的乌龟。那一瞬间，老婆马上笑了，她想起经典电影《这个杀手不太冷》的场面，是娜塔莉·波特曼饰演的小女孩捧着一个盆栽。小女孩说："这个植物没有根，就像我一样。"

猜想朋友老婆彼时的心立刻软了。故事讲到这里，从悲剧变成喜剧，一个带着乌龟离家出走的男人，变成这个家的经典笑话，值得对所有人一说再说，说上好几十年。

男主人爱护他的宠物，聚餐时，对朋友们仔细解说要如何取悦鹦鹉，要观察它的动作，要教它怎么样学习语言。鹦鹉本来在架上，后来不甘寂寞，飞到了餐桌跟一众聚会的人玩耍。男女主人用爱怜的眼光看着它，像是看家里的孩子。

宠物，不管是猫是狗是鱼是鸟是乌龟，当我们在说"众生平等"的时候，我想一定是在不平等的情况之下，我们才会有这样的呼吁，遑论宠物需要人类来饲养，上下的关系非常清楚。你对它好，它就可以开开心心地过完一生；你忽视它，它也只能安安静静地陪在你身边；最可怕的是如果你虐待它，不给食物跟水，那么它连活下去的权利都没有。这些都取决于主人，人类对宠物而言就像是神一样的存在。

但是人跟宠物之间的关系，其实是变动而且微妙的，像导盲犬对一个看不见的主人而言，它的陪伴，除了疗愈、除了精神上的支持，更有实质上的辅助。所以前阵子看到网上新闻，年轻的盲人女生带着狗进入地铁而被辱骂，简直令人愤怒。

心理学家说的依附关系，主要是照顾者跟对方，或者是幼儿，或者是宠物，或者是其他之间的关系，这其实是一切人格跟心理健康的基础。爱与被爱，不只发生在人跟人之间。如果说你相信万物有情，你养的宠物、你家中的花草，都会因为你的照顾而活泼可爱、欣欣向荣，因你的忽略而闷闷不乐或是枯萎憔悴。如果这样推演“爱屋及乌”这句话，一个家里养着宠物并且用足够的爱去照顾它们的主人，当他在外面看到流浪的猫狗，看到每一种异于人类的生物，都会带着尊重的眼光去认真对待。这是最起码的对待世界的温柔。

所以我想把辛波丝卡的诗《老乌龟的梦》献给那个朋友：“乌龟梦到一片色拉叶，而在叶子旁边，出其不意，是皇帝本人。乌龟对自己的童年的记忆不多，而它也不知道，它梦见了谁。”但没关系，它的主人还是会轻轻放一片色拉叶在它的脚下，以爱，以主人之名。

迷乱的一百二十分钟

两个主流社交平台忽然失灵两小时，许多人呼天抢地，焦虑惶恐，几乎惨过停水断电。也是，网络社交已是“心灵电流”和“心灵水源”，突然接触不了，似被遗弃于荒漠之中，进退失据，颇有几分迷乱迷茫的恐怖感觉。或许亦像烟瘾沉重的人，两个钟头无法抽烟，要命啊，求神拜佛祈望平台重现，如此，方可让他们重回“正常生活”。

在平台失灵的刹那，大多数人都在想些什么？

很可能第一个反应是推测失灵的理由。是手机故障了？是网络堵住了？是平台的失误？在那一百二十分钟内，无数的人急如热锅上的蚂蚁，或被漏在水桶里的蟑螂，忙乱地爬呀爬，用尽方法试了又试。大家不断刷新屏幕，一次十次百次千次，刷到手指纹都几乎磨平了，仍不成功。眼睛死命盯住空白一片的小小的屏幕，额汗冒出了，眼白也泛红了，却仍只换来挫败。心灵饥渴，这段时间里，大家都是“火宅之人”。

好了，艰辛的时刻终于熬过，光明复现，大家像走出了沙漠的迷途者，面前有张长长的木桌，桌上搁着各式各样的佳肴美食和满瓶满杯的好酒，所有人用比先前更大的力度去刷手机，仿佛渴望刚刚失去的两小时的宝贵生命，仿佛企图了解过去两小时内这地球到底有了什么变化。一百二十分钟，心里像被敲开了一道裂缝，水不断流出流走，如今总算把裂缝补妥，必须奋力把心重新注满灌满。这一夜，大家非常忙碌，也亢奋，失而复得的快乐是双倍的快乐，让人更感珍惜，有隐隐的担忧，唯恐平台再次沦陷。

社交平台可能是guilty pleasure（释怀）和 hate to love（因爱生恨）之物，明明知道对心灵有着太多太大的无谓牵绊，却又偏偏离不开、舍不得、抛不去。

曾有美国社会学家做实验，提供金钱，请几十个受试者停用社交平台一个月。大多数人都拒绝了，除非金额高到某个地步，让他们认为值得忍耐。其后，金额确实提高，部分人答应参与实验，然而坚持不到两个星期便放弃了，宁可缴付违约罚款，认输。事后访谈里，认输者全部承认在短暂的戒网期间，注意力集中了，睡眠充足了，精神宁静了；也都同意社交平台令他们常感焦虑，因为诱使他们跟朋友们的生活处境比较，有时候是承担了朋友的不开心，有时候则会妒忌朋友的开心。比上固然是坏事，比下同样不太好，但问题是，当比较成为习惯，像长期依靠药物的人。此之谓“瘾”，而已不止于“癖”了。

要发生的皆已发生，无法重回无网或无社交平台的日子了。“自律”是这时代最贵重的语言，可惜，再沉重，仍跟断网之苦有一段距离。痛苦的一百二十分钟，复原后，似诺曼底登陆成功，太美妙。

一杯温柔的免费水

晚饭后按医生指示要吃药丸，五六颗，红黄白以及粉红，大的小的，圆的扁的，看上去颇具童趣。其实下午饭后亦要吃，另外的不一样的五六颗，颜色同样驳杂，形状大小不一，乍看有几分像撒在蛋糕上面的糖果粒。

所谓“返老还童”，也许可以有这样的定义：当你的肉身颓败到一个地步，无法不日日定时把药丸当作糖果吞下肚，这时候，你像个孩子、幼儿，你已经不知不觉间“还”到往昔的“童”时。

首回有此领悟，在十多年前，跟倪匡先生吃晚饭，饭后，他掀开随身包里的一个小盒子，倒出七八颗小药丸，笑道：“家辉，好过瘾呀，我把药丸当作朱古力，食得好开心，哈哈哈！”匡叔脸上的笑容，何等纯真，何其灿烂，确实像个孩子。而当时我万万没料到，才不过十多年光景，才像一眨眼，轮到我了，要每天像孩子般把药丸当糖食。

既然要食，便该定时食。糟糕的是我健忘得很，午饭后该吃的那些“糖”，往往到了下午四五点才忽然想起根本未曾放进嘴巴，于是连忙补回，已经延误了几个钟头。所以晚饭后的另外一批“糖”，只好顺时押后到睡前才吃，变成“夜宵”了，希望对肠胃的影响不太大。

曾有许多个夜晚，白天乖乖吃了药，晚饭后倒忘了，直到散步途中才觉得不妥，幸好随身带着，连忙就近找间麦记（麦当劳）快餐店，给自己斟一杯免费水，坐下来，匆匆把几粒小药丸送进嘴里。这一刻，心里有微微的温暖，但并非因为药丸，而是因为那杯水。明明是打开门店做生意的店啊，却摆着一筒纸杯，让任何人随意用旁边的机器按键斟水和吹冷气。有人说，这也只不过是生意经，吸引路人进店，坐在飘溢着汉堡和炸鸡香气的舒适氛围里，或多或少会有消费的冲动，有助于提升总体营业额。可能吧，但终究没有强迫任何人掏钱，我便极少受到诱惑，别的定力我欠奉，拒吃却总意志坚定。

有一回坐在快餐店里，我忽然明白为什么我习惯喊它“老麦”。好亲切的呼唤，尤其对我这种“第一代麦记人”来说，更是如此。出现第一间时，我十二岁，虽然已经过了在店里开生日会的年纪，却无碍于我感受到它的明亮愉悦。多少年间，不知道有多少次了，跟死党们在店内欢聚闲聊，也撩女同学，经历过无数回的情窦开了又再开。之后，老麦已成朋友，之于我，之于我孩子，之于我和孩子。想不到如今老去，它仍用免费水来陪我吃药，别笑我感情泛滥，唯有体验过的人始会感激它的好。

记得有一回和年轻的朋友坐在庙街附近的分店里，见到两面白墙，我对朋友打趣地说，如果老麦能把老顾客的遗照一张张地贴在墙上纪念，多好啊。但这未免强人所难了，能有一杯免费水，已经远胜全港几十万间茶餐厅了吧？

五月雪

五月的香港，黄花风铃木和紫藤的花开始退场，木棉花也开到荼蘼。上个月的大红花朵早就随着细雨掉落在地上，一大朵一大朵，白天出去只见木棉花上枯黄的壳已经爆开，有的是一整条一整条地落在步道上，更多的是飘浮在你的面前小小的棉絮不忍落地，一路上飘浮着，和你平行。那些已经落地的，或可称作五月雪。

五月，年轻人会去维多利亚港看烟火，看无人机表演，老人家最关心的却是一年一度的抢包山跟太平清醮会不会如期举行。老人家说昔日可热闹着，每年的农历四月初八叫“正醮”，来源是很久以前清朝时长洲发生了瘟疫，当地人到北帝庙祈求消灾解瘟，后来每年依照这个习俗祈福，于是有了传统的抢包山比赛和飘色巡游。

我小时候曾经被父母带过去看过几次，当然也吃了长洲饼店的平安包，看到小孩子扮成了各式人物，其实心中好羡慕，也真想跟他们一样坐在车上、化着浓妆，看到车旁边拥挤的人群望着自己多威风，却从没想过这样子巡游一趟几个小时都不动，对小孩子来讲有多么辛苦。

后来长大了，更喜欢看抢包山的活动，不再和父母而是跟朋友过去，一群人嘻嘻哈哈到长洲，等于是短途旅行。但常常听到长洲的度假屋的鬼故事，只要殉情都到离岛找间小屋烧炭。我最记得母亲讲的鬼故事，她常常觉得自己是可以看到灵异的“半神婆”，她绘声绘色地说，有一次有一位姊妹，也就是常来打麻将的阿姨，晚上突然穿着红衣出现了一下又走了，第二天才知道她和小孩子来这里的度假小屋烧炭。老人家笑道，幸好自己没欠她打麻将的钱，不然就要烧给她，还给她。其中的情节当然有老公有外遇，她看不开。但是长州的度假小屋对于年轻人来说，终究是充满刺激热情的团聚，大伙弹着吉他唱着歌远离家人，好不自由，一群青年男女不需要抢包山、太平清醮这种传统活动就可以自嗨。

如今须已星星，不再在人山人海的日子里去凑热闹，也不呼朋引伴一群人青春无敌大声叫嚣，好像世界只属于我。反喜和家人挑个闲日，在中环五号码头坐上渡轮，几十分钟后上岸，沿着大街，先来一串长州的大鱼蛋和糯米糍，再到北帝庙去拜一拜，再走到已经开始搭建的矗立在庙前的清醮花牌，再走到没电影看但可参观的文化场地长洲戏院。然后呢，再沿大路直到海滩，玩一下水，由东湾再走到西湾，看海盗张保仔藏身的山洞，长州之旅就算完成。

没有孩童时那种新鲜快乐，没有青少年时那种刺激自由，长洲的脚印，原来也有深有浅，由被带着到独自出发，再成为带领的人。五月的长洲正要迎接盛会，凤凰花开得灿烂美丽，五月的香港黄金周过去了，可以慢慢地欣赏、缓缓地走路，在这个不冷不热的季节多和香港同行。

曾经祝福小女孩拥有乐观性格。

小女孩变成大女孩，性格果然乐观，几乎有任何烦恼事情都转眼即忘，不当一回事。我当初的心愿，算是达成。

唯望乐观能够让她快乐。生命总是苦多乐少，所以更有必要学习自制快乐。

小女孩，大女孩，老女孩，都一样。

第三章　印　记

成长，别太心急

引言：在西宁的FIRST青年电影节担任“超短片”项目单元评审期间接受访问，我说了一些对年轻人的观点和观察，以下是访谈内容的文字记录。也许，有几分“爹味”，却不见得都不值得读读想想。所以，收录于此。

因为一会儿我们就要颁奖了，那我们也不能透露那么多，来跟我们线上的朋友们打一个招呼，见个面。来，有请我们的超短片单元的评审们，踏上蓝毯。

因为从每一部片，我在一直看，有些看了两遍，有些看了三遍，觉得非常嫉妒，因为年轻新一代有各种的工具，比如手机……不同的工具。那我觉得假如我晚生个几十年，那今天我就不是评审了，我是来领奖的。所以这次来到FIRST，在西宁……

这是我第一次参与青年电影节，路上都是那些年轻人，每一个都是对电影怀着理想、梦想的年轻人。我本身从年轻时就爱看电影，爱参与电影，突然在路上到处看到他们，我就很有那种返老还童、回春的感觉。就觉得，我眼睛看到他们，好像看到以前的我。

我在香港一个比较草根的区长大，那个区叫湾仔，从小就看到，还有听到长辈们说很多关于那个区的人的那些故事。听到的某些故事里面的人，很想有机会把他们的故事，也让别人知道。所以我常说我欠湾仔一个故事。

香港是容得下平常心的城市，
繁花仍未过尽，却已享受平常。

后来一直想写小说，可是下不定决心。到了五十岁觉得，不行了，再不写来不及了，那就开始，坐下来很认真地写。后来五十三岁左右，就出了第一部长篇小说。也很幸运、很高兴，获得了一些荣誉奖项，还有一些评论家的肯定，这让我更有信心，更有兴趣再写第二部。

过去几年都写写停停，写我第三部长篇小说，希望2025年终可以出来。

那我在整个参与的过程里面，最强烈的感觉是觉得自己责任非常重大，参赛的作者，还有我在路上、在会场碰到的人，都是那么年轻的面孔。我在想这些年轻朋友们来到西宁，来到FIRST这个电影节，对他们整个创作路途来说是关键的一步。

我大概已经知道我拿不了刀了，严格来说是刀把我踢开，不是我踢开那把刀。

那时候学功夫什么都学不好，连当时的一些“黑帮”也对我没兴趣，那我就读书写作吧。我是个非常孤独的少年，在我那个年代，还没有电脑，没有网络，孤独的少年呢，通常做的一件事情就是看书、写作了。那时候就开始去看一些文学的书、历史的书。而且我父亲是在报社上班的，平常在家也要写稿、写专栏，我看到我父亲的形象，有点像《花样年华》的梁朝伟，觉得很有感觉。所以可能是这些理由吧，我决定往写作、读书、做研究……这个方向走去。

所有的电影理论，都探讨一个概念，什么概念呢？时间。探讨影像跟时间的关系，影像对受众心中想着的时间有什么样的影响和召唤。小说里面要有个情节，另外一个说法叫Narrative（叙事），里面不仅有时间的关系，也有因果的关系。

我本来对电影非常感兴趣，后来也有香港的大学接受我读电影学科。可是我那时候迷上了台湾一位作家——李敖，我就想往那方面走，后来我也写了一本关于李敖的书。我放弃了在香港读书，去了台湾，所以脱离了电影这个轨道，可是电影梦还一直在我心中。

所以后来读完书了，有机会回香港教书写作，我就写了很多影评，还有很多机会去参与其他的一些电影的评审工作，甚至偶尔也参演了一些电影，当作玩儿。

对于很多年轻人来说，电影的确非常有吸引力，它完全把你带到另外一个世界，体会另外一段生命，而它透过视觉、声音，把你的心碰撞，有时候比文学更直接。文学艺术是需要一定的门槛的，需要你的耐性，需要你有关文学的知识量、对文字的敏感度。可是你作为一个年轻人，甚至不管你什么年纪，坐在那边看着电影时，那些光影效果就很容易打动你。所以电影梦是年轻人很普遍的梦。

因为灯光打在这里，我想问一下，我可以站起来吗？在座有这一次入围 20 部超短片的团队吗？听说他们在那边有个放映，那我可以放心说他们的坏话。我要先看看，看清楚……

17 岁，我看到报纸招聘临时演员，我就去了。演出是蛮好玩的事情，你要把自己投入，要感受到角色里面的喜怒哀乐，你好像有了另外一段生命体验，好像可以经历过很多不同的生命旅程。像我现在写小说也是，里面不同的角色、不同的人物，不管是男是女，是好是坏，在我写他们的时候我都很用心，把自己想象为他们，我好像也经历了他们的生命旅程一样，也是有一个人生的体验卡，甚至变成一本书。我蛮喜欢这种感觉，丰富自己生命的感觉。

不同的 FIRST 竞赛项目，不管是长片、短片，还是超短片，都充分而全面展示了这一代的影像创作者，他们很充沛的生命力。我非常为之动容，因为这些年轻的导演、编剧，他们各有各的角度，去处理他们的作品。至于说在拍摄手法方面，都很勇敢，他们很放得开，可能因为很方便，他们用工具很熟练。因为对这么年轻的人来说，他们等于是这种工具的最初使用者，能够很准确地、很精准地运用语言；而且很大胆，不会有很多包袱，不管探讨什么议题；还有用的灯光，还有他们拍出来的叙事的过程，那份速度感，很强、很快。

以后把二创的元素加进 FIRST 的一些项目去，我个人是同意的。我们看很多欧美大师的影片，里面有二创的元素，一个大师向其他的大师的致敬。所以我是觉得，可以把二创的元素，甚至像有些短视频的形式放进去，当然你可以另外再定一个叫作短视频的项目，拓展整个边界。

FIRST，18 年来，一路走来，几乎每一年或两三年，总有一些新的想法、新的创意，把大家的高度和眼界，越来越扩大，这是很好的想法、很好的事情。

年轻真好，看见什么都可产生一番新奇意趣，青春岁月是由一个接一个的好奇问号堆砌而成。

我跟年轻人接触，主要是两个渠道：一个是教学，另一个就在网络上面。教学之余，有一些谈得来的毕业生，他们也会来一群人找我聊天吃饭。我不晓得他们为什么要跟我这个上了年纪的、说话“爹味”的人交往。可我倒是很喜欢跟年轻人交往，可以吸收很多知识。他们用很多新的词、新的看事情的方法，他们还有看待自己跟世界的关系的独特角度。他们比较有幽默感，不管是写梗、讲话……

我那个年代的年轻人没有什么幽默感，每个人好像都是苦大仇深，好像要做一个事情，要发达的发达，要忠贞报国的忠贞报国……现在年轻人普遍有幽默感，懂得开玩笑。他们获得资讯的渠道比较多，透过不同的网络平台，他们可以获得蛮多对这个世界的理解。对于生活方式，我是这样活的，原来有人是那么活的，他是那么想的。我觉得这个让年轻人变得比较有弹性，Flexibility（弹性）。

再说一个，我觉得，或者说我观察到的，年轻人都有一个特点，哎呀，我的“爹味”又发作了，就是不太能够受委屈。以前我们那代人无所谓，受到人家不好的语言对待，我们都会觉得哎呀，无所谓的，忍一下就过去了。现在的人不会啊，会在网络上发作起来。

其实这样是好的，是在确定你的权利，可是有时候这样很容易就觉得受到委屈。

凡经历的，不会消失。

你变得很容易放弃，转身走了，放弃别人或是放弃自己，本来可以累积能量的事情，甚至培养感情、培养关系，好的，那个机会就没有了。

假如要容许我说“爹味”的话，倒是可以提醒大家，生命、生活里面很多事情，需要时间，需要付出，需要给它机会，需要时间来培养，来积累那个厚度跟深度。生活甚至生命里面许多事情，你是需要忍耐的。

为了逝去的时代

到青海西宁担任FIRST青年电影节评审，因是“超短片”单元，只看决选的二十部作品，每部五分钟，本来以为不必耗时太久，却仍花了好几天的时间。看完又看，再看一遍，又一遍，不愿意有任何大意的错失遗留。是“青年”啊，创作者都是怀抱着电影梦的年轻人，虽然这单元并非最关键的奖项，却始终是奖，取得与否，对他们之后的电影路或有举足轻重的影响。得奖了，至少是一种起步的肯定，让他们有了继续走下去的信心，岂可儿戏？

就算不走下去，取得了奖项，总是年轻历程里的一个高光时刻，日后将记得好久好久，成了老来回说的精彩故事。我就忘不了十多岁时获取“青年文学奖”的那个夜晚：香港大学的礼堂里，同辈们坐在台下，眼神腼腆而亢奋；前辈们坐在台上，发言，嘉许。

那夜我从胡菊人先生的手里取过奖状，他穿着一套不合身又过时的西装，我心里嘀咕：怎么这样老土啊？为什么文化人就不能打扮时髦？没料到转眼几十年后，自己可能变得比当年的胡先生更老土、更不时髦，始恍悟，原来到了一定年纪，别人的眼睛如何看自己已不重要，关键只在于用自己最擅长的能力去做最想做的事情，无所谓该不该，没必要在别人的期待下去如何如何。

对了，前几个月出版了《胡菊人文选》，是他在《良友》杂志上的散文结集，你读了未？这几年关乎本土历史文化的书颇受追捧，但大抵谈的不是地方便是事件，或者人物生平。其实也该多读昔年的“本土作家”如何观看世界。任何所谓“历史”毕竟都是由人所创，读前辈们的书，走进他们的心灵，共情他们的感受，你便不会过于轻易认定凡是上了年纪的人都是“废老”。

那一届的评委还有陈映真先生，他和其他评委都替作品写了几句点评，都很简单，但对得奖者来说，已是很暖心的鼓励；即使是批评作品的不足，因为出自前辈，都是极温馨的提醒。陈映真是铁杆的社会主义者，胡菊人则几十年来站在自由主义阵营，评委会里左右兼容，是现下已难见到的气度。回想起来，啊，难免强烈缅怀那个逝去的时代。

并不因为那时代里有年轻的自己，更不因为纯粹的怀旧，而是，不可得了，一去不回了。众声喧哗在空气里碰撞，交锋，无人能够垄断真理，猜想胡先生和陈先生在评审会员上亦必有过激烈的辩论，最后经由妥协和投票，终于定了一份得奖名单。这名单，不一定全面地公道公允，却彰显了那时代的精神。“船大唔碍海，海大可行船”，在思想的海洋里，终究应该容许不同的航道和去向，这才是海洋的强大的生命力。

手边有本《胡菊人文选》。仅仅见到封面，我已泪目，为了逝去的那个时代。

她喊了我一声“至尊宝”

到青海西宁担任一项电影节评审，答应以前犹豫了一阵，担心海拔两千多米的城市不宜我，无谓揾命搏。但还是成行了。人一世，物一世，若真有所谓“高原反应”，这么大年岁了，试一试又何妨？

对“高原反应”一直有过敏式的恐惧，或因年轻时有坊间谣传，许冠杰到尼泊尔拍《卫斯理传奇》时中了招，回港后依然神智低迷，呆呆滞滞，花了几年时间才康复过来。这则新闻把我震动了。我是许冠杰歌迷，心疼他，更不愿步他的后尘。直到今天，自己的年纪比当年的他更大、更老，反而豁开去了，不怕不怕，去就去。

幸好到了西宁六天，啥事都无，由朝开会开到夜，鬼打无咁精神。我对朋友笑道：“不到西宁，不知自己身体好！”

身体好以外，更行有余力，可以协助别人。话说当天搭机从深圳出发，降落时，发现朱茵坐在前排。她个子不高，扛着一个行李箱，机外大雨滂沱，而乘客们都要冒雨冲上停机坪上的小巴士，状甚狼狈。我当然二话不说代劳了，替她拿起行李，一口气奔到巴士上面。本来在这种地方的所有动作都要慢，尤其才刚落机，更要慢上加慢，否则容易引发高山反应。我却顾不得那么多了，“女神”朱茵，谁能抵挡？

但我终究是心机浓重的人。难得有机会替朱茵拿行李，自是好运气，但我贪得无厌，向她提出了一个额外要求。在西宁，朱茵跟我同是“超短片”竞赛单元的评委，好几天都要开会碰头，并且要录像对谈，我趁机在镜头面前对她提起机场之事，然后说：“你是不是应该报答我？”

她笑道：“点（怎么）报答？”眼里有狐疑，以为我将要不正经。

殊不知，我的要求只是，“你要喊我一声‘至尊宝’”。

她眨一眨眼睛，淡定地说：“好吧，鬼叫我欠你咩。”然后清一清喉咙，像演《大话西游》般，含情脉脉地，用娇甜的声音说了三个字：“至尊宝。”

诡计得逞了，我笑到停不下来。笑完之后，再开玩笑道：“但系我在一万年后已经改咗名，今天起，我叫作‘支付宝’！”

她掩嘴浅笑，这一刻，我真庆幸当初没拒绝来西宁。

西宁是 FIRST 青年电影展的大本营，每年一度，举办了十八年，等于年轻电影人的奥运会，同时是怀抱电影梦的青春人士的狂欢节。五年前开始加设“超短片”单元，让以五分钟为限的录像竞逐奖项。这届进入决选的二十部作品，有一半以上用手机拍摄，毫不逊色于专业摄影机拍的。开会又开会，讨论再讨论，投票再投票，总算选出了三四个奖项得主。颁奖礼上见到他们，虽然年轻，但大多已有电影工作的实战经验，相信再过十年八载，后浪扑前，他们的名字必常见于华人电影圈。

无梦之梦

从北京转到广州，在两个城市都逛了书店，都在大商场内，一堆书塞满了箱子，回港登机时险些超重。内地的商场几乎都有书店，有连锁的，也有独家的，小小精致的，书量多寡是一回事，至少有个宁静的空间能够让人沉静下来。

书店就是这样的暧昧所在。宁静，进店的人总会自觉地沉默，既尊重地方，也尊重自己。但同时是喧哗嘈杂的，因为书的作者都在无言地说着话，你瞄向书的封面和书名，文字和图像都在对你发言，告诉你，作者的心意是什么，他或她想用书里的几万字或几十万字来给你一个什么主张或一种什么体验。那是作者看待世界和生命的方法，你望向书的表层，已是在跟作者对话，在脑海，在心里，只不过旁人无法看见。

大商场有书店，不一定是生意经，却又可以算是。闻说发展商在楼盘旁建商场，政策规定要有书店，因为各城政府皆有“文化指标”，年底要写报告，列明做出了什么样的“文化建设”。发展商唯有用较低的租金甚至以合作的形式让有心人经营书店，但在互惠之下，得益的终究是社会大众。

至于商场外的街道，书店不多，却仍不难寻得若干，尤其在二线或三线城市。尤其近年，许多中年文青在大城市或被裁员，或生活困闷，干脆回乡过几年日子，拿着不算多的积蓄，利用故乡低廉的创业成本做点小生意，倒亦活得痛快。

几年后如何？到时候再说，做一日和尚敲一天钟，如果不全盘“躺平”，便选择某种让自己觉得自在的姿态活下去；能够多笑一日便赚了一日，往后的委屈可长呢，且把赚来的自在像积蓄一样存下来，到了日后寒冬，回味回忆，有如烧柴火取暖；记忆是火种，不能燎原，但至少能够给自己带来一点点的暖意。

有位朋友在北京工作十年，长期忍受“996”的折腾，去年却连忍受亦无法了，因为广告公司发不出薪水，思量了一阵，最后抛开所有烦恼，跟男朋友回老家长沙。她是硬核文青，决定完成生命里的其中一梦（文青都有开书店、开出版社、出诗集的梦吧？），在小区里寻得廉租铺位，有室内兼有庭园，简单布置打点，进些精挑细选的货，便是一间味道独特的小书店。

“租金低到什么程度？”我问。

“低到我都不太好意思说的程度。”她答。

“一千五百元。”

我吐一吐舌头，哇了一声，表示这个价格在我城连一个车位也租不下来。她笑道：“是啊，马叔你也别打工了，快来这里圆梦，一口气开十间书店，做文化大户。”

我的回答是：我这年纪的最大梦想只是能够每晚容易入眠。但求有梦，已是生活大梦，其他的不必多说。

迷路的作家

在旅途中看手机得知保罗·奥斯特去世的消息，心里沉了一下。虽说已经七十七岁了，所谓“老人归老世”，任何人于六十岁以后已经身处“死亡区”的范围，不一定会明天就死，如果明天突然死去，谁也不必过于感到意外，但对自己钟爱的作家，对自己有过影响的作家，死亡难免有特别哀伤的重量，特别有缅怀的感触。

难忘他在代表作《纽约三部曲》里的开篇描述。纽约有偌大的空间，有宛如迷宫的阶梯，而不管他走得多远，无论他把邻近地区和街道记得多牢固，他还是有迷路的感觉。他不仅迷失在这个城市中，也迷失了自己。每一次，他出去散步，总觉得把自己丢在脑后。借专注于走过的无数阶梯，专心于眼前看到的一切，他才能抛开自己的思想，获得一种内心的澄澈。世界就在他的外围，包着他，正对着他，世事变化无常，让他无法在意任何一件事情很久。纽约就是他为自己构筑的忘我之所，而他再也不想离开……

他，名叫昆恩，是个作家，忽然接到一个电话，打错了，对方要找的是一位叫作保罗·奥斯特的私家侦探，然后阴错阳差，昆恩介入了奥斯特复杂的生活处境。生命如同迷路，书页外的奥斯特写出了故事里的奥斯特的转折人生，文字内外，皆是迷宫。

奥斯特是个外形很“酷”的作家，眼神常带忧郁，仿佛怀疑一切存在的合理性甚至真实性，并且善用小说或散文将之写在书页上。他说：“我的生活中发生了那么多奇怪的事情，那么多从未预料的、几乎不可能的事情，我不再肯定自己是否明白现实是什么。我能做的只有谈论现实的机制，收集世上发生了些什么的证据，试图尽可能忠实地将之记录下来。小说与其说是一种方法，还不如说是一种信念。小说是谎言，但小说家试图透过谎言揭露真相。小说是世界上唯一能让两个陌生人以绝对亲密的方式相遇的地方，没有其他艺术能够捕捉人类生命最本质的亲密。”

奥斯特多年以来主要用笔写作，他说：“键盘总是让我害怕，我的手指保持那种姿势，我永远无法清晰地思考。笔是一种基本得多的工具，你感觉到词语从你的身体里出现，随后你把这些词语刻入纸页。写作一直有那种触觉的特性，是一种身体经验。”而我猜想，奥斯特用过的笔，若能流出拍卖，肯定有个好价钱。咳，恕我太俗气，总是想到钞票。

记忆中好久以前读过一篇访问，女记者对王家卫表示很喜欢奥斯特，王家卫调侃道：“你们女孩子总是喜欢帅的作家。”奥斯特在美国作家里可能是最不“油腻”的一个，没有中年发福，永恒的瘦削，眉眼如勾，鼻梁笔挺，如希腊雕像。他走了，在另一个国度，想必继续帅下去，那边的粉丝，多着呢，请带着笔去签名。

作家的友谊

保罗·奥斯特过世了，他的老朋友柯慈（通译库切）会怎么样？这位南非籍，获得2003年诺贝尔文学奖的作家，在澳大利亚阿德莱德大学听到这个比他年轻的老友去世的噩讯，应该是百感交集吧。他们两个在十多年前，曾经出版一部《柯慈跟保罗·奥斯特的书信集》，里面收录了2008年到2011年间两人的书信来往。*HERE AND NOW: LETTERS*，中文翻译为《此刻》。

书上的封面是柯慈温柔的笑容和保罗一贯冷峻深邃的表情。我想中文版大概已经绝版，里面收录了他们长达三年多彼此往来的信件。其实2008年2月他们才刚相识，后来柯慈提议用通信来激发彼此灵感的火花。那三年奥斯特从纽约寄信到澳大利亚，而柯慈从澳大利亚传真或是邮件回信。奥斯特比柯慈年轻七岁，两个人通信的时候，都已经过了六十，所以书里面才有一句话:“我们说话时，就让年轻人翻白眼吧。”彼时他们都已经历过人生的许多激情、困顿、高昂和低落，其中一位还拿到了诺贝尔文学奖，他们的确用各种姿势对年轻人说话。虽然他们写作的风格完全不同，可是信中的共同话题把他们联结在一起。他们谈体育、谈金融风暴、谈电影、谈当代的某些作家，他们也谈孤独。那是他们最擅长的生活，离群独居。

这两位作家，随便抓一个话题，就可以将世界深刻广阔的延伸，但大作家依然对自己的作品没有信心，所以互相打气支持。每次看到这些作家彼此往来的书信，都觉得他们不再是他们所写的书里面隐藏的灵魂，而是在舞台上跳出来发言鞠躬，他们是自己的主角，代表自己说出忠实的语言跟想法。最重要的是，看他们的对话，像是观赏了一场双人探戈，你双眼看着那激情的舞姿、摆动的手势、令人惊叹的前后仰合，那种默契和天生的才华，彼此激起的情感和火花，动人而且温柔。惺惺惜惺惺，他们的对话给我这样的感觉，也恨不得找到一位这样的文友。

《此刻》这本书第一章就是谈友谊，一个在南非开普敦展开他的各种叙事的人，一个在纽约布鲁克林绘出他的文学地图的人。一个冷静，一个狂热，两个都不是好相处的人，他们不会跟世界和解，更不会跟制度妥协。这两个人居然会相信友谊，就像柯慈写给保罗说："我们知道友谊很重要，但是对两个人为什么会成为朋友，以及这份友谊何以能保持，仍然只能用猜的。"

但保罗说得好："最牢固、最持久的友谊是以仰慕为基础的。这种磐石感觉可以让两个人长期联结在一起。"听起来好像爱情，但友谊也是一样。

保罗走了。人间存寄客，无处许知音。柯慈坐在澳大利亚有着花园的小院的门外摇椅上，远眺着他方，想着信中的话："你的愁绪和我的愁绪，两个老男人对世界的走向有着相同的愁绪。"何意今摧颓，旷若商与参。

中年觉醒三部曲

读过台湾作家张曼娟的若干小说和散文，但一直不算粉丝。直到这两年，她踏进六十岁了，我也是。年轻时不太能够感应她文字里的浪漫情怀，然而到了老后，她不谈情爱了，改谈照顾，而且是长期照顾，持续在脸书上写下痛苦和苦痛里的像灵光一闪般的短暂喜悦，我始被真正打动，并写个服字。

她前阵子出版的“中年觉醒三部曲”——《自成一派》《我辈中人》《以我之名》，以恬淡的文风刻画长期照顾者的哀乐，境遇相似的人，必须一读；即使你尚未陷入此境，先读了，不仅能够感受人间温暖，说不定日后可以从中领取提醒。生命之无常，毕竟谁都无法预知。

话说九年前某天，她的双亲如常起床，如常出门，她以为他们必如常回来替她准备早餐。但是不，他们是回来了，父亲却有了“急性失智”的不幸，早已不再是他；而母亲，一年半后同样失智。张曼娟由被父母宠爱的中年女儿，变成日日夜夜要像照顾婴儿般料理父母起居生活。

母亲甚至认不得她了。母亲以为她是自己的姐姐，完全错乱，角色逆转。张曼娟唯有在长期照顾的折腾里摸索，学习用艰难的姿势步步前行。

九年以来，若要张曼娟总结一句领悟，她说的是：千万别让自己变成长期照顾的囚牢。也就是，照顾归照顾，对别人如此，对自己更是如此，必须在长期照顾的痛楚历程里，维持“人”的尊严以及对生命的向往。

说来容易，做来当然极难。却亦无法不做，也许只因两个字：不忍。对别人的不忍，亦是对自己的不忍。既然不忍目睹亲人在困境里无助，便要奋力做了，但同样不忍让自己沉沦在长期照顾的苦海里，所以再难亦要让自己站稳，切切不可“揽炒”。而相信到了某个时间点，不知道应该称之为“黄金交叉”抑或“死亡交叉”，你发现不对劲了，明白若不把亲人交托出来，你和他都会坠下山崖，于是不得不放弃先前的坚持，在能力的许可下，把亲人送到值得信任的疗养院，然后告诉自己：对方好，自己也好，如果亲人在失智里仍有一丝丝的清醒，思量之后，想必亦会同意。

送进了疗养院，并不表示放手不理。留意疗养院的素质是重要的，观察亲人的适应进程同样是要务。当你把孩子送到幼儿园或新的小学，总不会撒手不理的吧？对于老去的亲人，岂不亦如此？

倒听过一位朋友说，你放了手，亲人却不一定放。她的母亲住进疗养院，她孝顺，每天必去探望，但离开后不到一个钟头，必接母亲的电话，问：“阿囡，你今日嚟唔嚟探我？”母亲转头已经忘记被探望过了，她不忍，唯有下午再探一次，之后，是一天探四次，不忍复不忍，永劫回归。

长期照顾像漫长的苦牢，受者与付者皆是。只能看成是修行。

门罗与韩剧

读诺贝尔文学奖得主门罗的短篇小说，我常联想到某些事、某些人。

譬如说，韩剧。

韩剧有暴力的、有爱情的、有悬疑推理的，都好看，但最打动我的仍是生活日常类的抒情小品，如《我们的蓝调时光》之类。一群人，一个社区，喜怒哀乐皆在此，冲突怨恨亦在此，但都不是排山倒海地骤然色变，而是像门前的花草树木，不知不觉间开了又谢了，幸运的是仍然会再开一遍，当然也会再谢一遍。荣枯有时，却又难以掌控。人在其中过日子，顺时而行，有不同的选择，好的坏的都是体验，并在体验里过完一生。

门罗的小说，故事地点或有不同，情节亦有不一样的曲折，但集合起来便是人间的众生相。卑微的，喜悦的，无奈的，一篇又一篇，刻画一段再一段的生命史，或生命史里的某个篇章。我认真地读完，像看完《我们的蓝调时光》，竟然隐隐觉得跟书中人有朋友般的亲切感，哀其所哀，欢其所欢，也偶尔好奇他们之后的生命情节——如果他们是有血有肉的活人。

后来呢？那位带着女儿离家出走，却遇上坏天气，被迫回到丈夫身边的女子，后来怎样了？那位拒绝了婚外情，却目睹年轻男子把暧昧转移到她妹妹身上的中年女子，心里忐忐、懊悔，后来又如何？那位因为被风雪挡路、欲打电话回家报平安，却阴错阳差地被关进精神病院的女子，后来平安否？那位一觉睡醒，不甘于平静生活，决意弃夫离家出走，但突然收到一笔横财的女子，后来有何决定？

每篇小说如每节剧集，都有寻常里小小的离奇，但对当中的人来说，却是足以影响生命去向的关键。生命啊生命，本质或正如此，一般人是不会有什么惊天动地的遭遇的，然而一个念头和一个事件足以让生命天翻地覆。门罗用笔把他们的人和他们的事带到读者眼前，或者说，把读者带进书里，不一定是对照，却大可领悟，就算不太苍凉亦有启示。

韩剧以外，门罗的小说也让我联想到王安忆。王安忆七十岁了，至今仍在写写写，自嘲是“文学界劳模”——不是模特儿，是模范，每天早上不写不舒服，勤劳的劳动人民，不会铁锤只拿笔。门罗亦曾自述：“我每天对自己的写作页数有个定量，我强迫自己完成。如果我知道我在某一天要去别的地方，我会尽力在之前多写几页。这是一种强迫症，非常糟糕。不过，我不会让进度过于延后的，好像那样我就会失去这故事似的。这和年龄增长有关，人们变得强迫自己做某些事情。我对自己每天走多远的路程也有规定，我每天走五公里，如果我知道哪一天会忙，便必在其他时间把它补回来。你是在保护自己，这么做会让你遵守所有好的规矩和习惯，就没有什么可以打败你。”

九十三岁的门罗离开了人间，打败她的，终究是肉身。

余华的立志

高考结束，能够升读大学的人数终究有限，其余的只好去读专修学院和职业学校；若找不到，便要工作了。工作就工作吧，人人头上一片天，留得青山在，不怕无柴烧；此处不留爷，自有留爷处；处处不留爷，爷干个体户；好好活下去，快乐地活下去，争气地走下去，不愁找不到出路。每回有落榜者对我叹气，无论他是内地生抑或香港人，我都这样鼓励。

做人，要立志。上榜者要立志，落榜者更要立志。志向如引擎，发动了，你便停不下来，它会驱动你往前迈步，亦会打开你的眼睛和脑袋雷达。就算你没读上大学，在人生的路途上，同样可以回应随时出现的每个机会，开拓每个你以为不可能的可能性。

我联想到作家余华，对，就是那位在最近的香港书展上几乎引起骚动的作家。他有一篇叫作《十九年前的一次高考》的小散文，写作时间是1996年，忆述他十七岁时的高考经历，很有趣，也很励志，尤其对落榜者。

话说余华在小县城考试，考生的水平都不怎么样，所以，成功者是稀有动物。当时，高考前就要填志愿，乡下少年们不知天高地厚，大多数都填北大和清华，竟亦有人填写牛津大学和剑桥大学，闹了笑话。考试发榜后，同学们在街上游逛，余华这么写：

同学们在街上相遇的时候，都是落榜生，大家嘻嘻哈哈的都显得无所谓，落榜的同学一多，反而谁都不难受了。

颇有鲁迅的讲路的味道：本来无路，走的人多了，便走出一条路。余华和朋友们刚好相反，有一条路，但走不上路的人多了，便都不计较有没有路了。

余华没进大学，好歹要揾食（谋生），于是到了县城的卫生学校读了一年书，便做了牙医，求其（随便）得可怕。他每天在卫生院工作，空闲时望向门外的大街，有时候会呆呆地看上一两个钟头。“后来有一天，我在看着大街的时候，心里突然涌上了一股悲凉，我想到自己将会一辈子看着这条大街。我突然感到没有了前途。就是这一刻，我开始考虑起自己的一生应该怎么办，我决定要改变自己的命运。于是我开始写小说了。”

这便是我所说的立志。不一定有非常清楚而明确的目标，但心里有一股气、一种不服、满腔的不甘心。由是把眼睛从脚下望向前方，即使前方比脚下更阴暗，而且更困难，更有挑战，更要花费力气和汗水，却仍然深深呼吸一口气，像冬天在冰湖旁边，勇敢地跳下去。先离开脚下的土地再说，未来的长路，往往由这立志的一步决定。

落榜不该定义你的一生。远方的年轻人，我城的年轻人，都该有这志气。

台上的皮鞋

又到毕业季，毕业礼已经恢复两年，可是先前在疫情刚过的阴影下缩小了规模，今年才算全面“复常”：该来的人都来了，老师、学生、家长，也没半个人戴口罩，直面相笑，笑容都是尽情尽意。这时刻拍下的照片，影像的“心理颜色”特别鲜艳。

去年凑巧外游，无缘出席毕业礼，这回无论如何都要参与。前夜从北京搭机到深圳，再转车回港，因司机走错了路，深夜两点才回到家里，收拾过后已是三点，累崩了，却仍要一大早挣扎起床，梳洗换衫，穿上比较正式的西装赶到校园。到了集合地点，把沉甸甸的博士袍披在身上，再戴上让额头颇不舒服的帽子。这是学院的游戏规则，一年一度，是对学生的尊重，亦是对曾经有过的师生缘分的礼数。他们是毕业礼的主人，他们值得。

一个多钟头的典礼，老师坐在台上，望向台下的一张张青春脸容，灯光幽暗，其实看不太清楚，唯在心里感受到一对对明亮眼睛的存在。有人喊名，学生排队轮流缓慢地上台，先向主礼的系主任鞠躬，然后转身，向台下所有嘉宾和其他同学弯腰致意。掌声响起，里面有毕业生的青春岁月，或是四年，或是两年，或是一年，或者花了更多的时间，学士、硕士、博士，各有各的目标，皆曾付出，亦必有所获。也许这是他们的学习生涯的最后阶段了，是句号；也可能只是暂停键，日后仍会在教育之路上继续抢滩。而无论是再进校门抑或步入社会，毕业礼都是见证的仪式，如用刀在树干上刻下的记号，他朝回想或重看照片："啊，记得的。曾有这样的一天，我正式走完了一段路程，我有为自己感到骄傲的理由。"

主礼和观礼的老师穿袍戴帽，毕业生亦是，当他们走上几级楼梯，走到台前，露出的身体除了脸庞和手掌，便是脚。所以我忍不住回想，彼时当我毕业，到底穿上什么样的皮鞋上台领取证书？不太记得了。依我的性格猜想，该是有板有眼的黑板鞋吧，总不至于穿球鞋或拖鞋——那年头尚未流行用随意打扮的方式来彰显"自我"或对世界做出"抗议"，正式的场合穿得体的鞋子，就是这么简单了。

而当下早已不再年轻的我，如果是毕业生，必更会把简单的事情弄得复杂。好吧，既然鞋子是台下嘉宾望向台上的视觉焦点之一，我要挑一双最洁净、最明亮的皮鞋，并且要它能在台阶地板上踏出咯吱响声，这是对他们的尊重，如同他们用掌声尊重我；这更是对他们的掌声的回应，如同我对他们前来观礼的"另类拍掌"，表示感谢你们今天跟我同在，感谢你们前来，感谢你们其中一些人曾经给过我的鼓励、宽容、撑持、协助、指引、原谅……我对皮鞋郑重其事，并非想"出风头"，而是让它代表我对你们说声谢谢。

台上的鞋子，就是我的话语了。

自编剧情

大学毕业典礼，坐于台上，一个多钟头的仪式，很容易昏昏欲睡。学生轮流从左边步上舞台，从右边步下台阶，掌声响起再响起，千篇一律，没有台词，像单调的艺术电影，意义隆重却又很难不召唤睡魔。

可是不可以入睡啊。台下几百双眼睛望向舞台，你睡了，失礼于人，万一还打鼻鼾，肯定身败名裂；唯有在脑海自编剧情，透过回忆与想象驱赶睡魔。

必须承认我几乎完全认不出上台的学生到底谁是谁。一来因为严重脸盲，二来呢，学生的装扮一模一样，戴着黑帽，穿着黑袍，唯一差异在于高矮肥瘦。哦，对了，脚上的鞋也不相同，有人穿皮鞋，有人穿高跟鞋，有人穿波鞋，有人穿便鞋，更有人穿类似拖鞋的所谓鞋子，但我不可能依凭鞋款认出每个人。

女同学大多略施脂粉，化妆后跟平日的课上样貌颇有差异；男同学十居其九是韩式发型，额前垂着一坨垮塌的厚厚的头发，都贴近眉毛，大同而很小差异，那就更是难以辨认。一群移动的人，像一条朝前流去的青春之河，一个接一个，一去不复还。

认不出来，不要紧的，因为有人喊唤名字。谁的姓名被读出来，便轮到谁要走到台上。我认真地听，然后凭着名字“对照”他或她的脸容，默默想道：啊，记得了，是他，是那个在课堂报告上紧张得结结巴巴的男孩子。下一个，又想：记得了，是她，是那个上课通常迟到十分钟，而下课后便挽起背包飞奔离开教室的女孩子。再下一个，依然记得，是他，是那个在课上口水多过茶的男孩子，有一回沉默不语，原来在低头打游戏……

学生的姓名把我的记忆催唤起来，一则则片段，是他们的岁月，也是我的岁月。他们正走向成熟，而我正步入衰老，却都是大家身处同一个空间和同一段时间的交集切片，也许就是所谓的缘分。彼时，我们都在，毕业礼的意义在于某个人生阶段的“完成”，而我现下坐着观礼的意义在于“见证”这完成，但不仅仅是见证他们的成长，亦是见证自己的曾经参与；在他们的青春里，我出过一份力，如果他们今天快乐，我亦有理由快乐于他们的快乐，因为，这里面，也有我。

毕业了，朝前走去，他们将会如何？坐在台上的我，除了辨认脸容和回忆过往，亦多了关乎未来的想象。谁谁谁不是说过希望做教师吗？她找到工作了，还是需要再读教育文凭？谁谁谁不是说过希望做传媒人吗？顺利应征上记者了吗？有个男学生每逢周末都在街头 busking（街头表演），还在继续吗？以后可会如愿走红？有个女同学说会回广西老家考公务员，是父母强迫的，她很不愿意，不知道可有拒绝反抗？谁谁谁，谁谁谁，下一步又要做什么？

最后自编了一套连续剧，坐在台上没睡半秒钟。对得住学生，也对得住自己。

点心文化人

有了随身电脑之后经常做的一件事是躺靠在软绵绵的沙发上，跷起二郎腿，轻轻松松地写稿工作，不必再低头伏案矣。然而随身电脑最近开始不太管用。因为小雯小姐开始学爬，而且，奇怪，总喜欢在我工作的时候学爬。客厅、厨房、厕所、睡房、书房轮流“巡视”，咚咚而过之处，东西无不被拉得七颠八倒。为免她被杂物压伤，又为免她捡食地上尘埃，只好随时监视。

于是写写停停，躺在沙发上猛按电脑一两分钟，一见小雯爬近危险物体，立即抛开电脑赶过去拦截营救，把她像小猫咪一样拦腰一抱，抱回我身边。

然而她必马上重出江湖，再爬。如是数回后，身心俱疲矣，索性放弃写稿，亦步亦趋跟在她身后。爬吧，看你大小姐有多少精力，可爬多久。

此时此刻冒起一有趣幻想：如果可以用绳索将随身电脑垂挂于胸前，边走边按键盘，岂不快哉？至此境界电脑才算百分百“随身”啊！

胸前平衡垂挂着一台黑色电脑，像什么？——我说像在旧式茶楼喊卖点心。或许该取名曰“点心文化人”。

但愿乐观

半夜躺在小雯身边看书，看着看着，目光自然而然从书页转移到她的脸蛋。熟睡中犹带浅笑，仿佛连做梦也是甜的，难怪保姆说她，整天笑眯眯，二十四小时快乐。真希望她永远这样。

如果老天容我替她选择，在众多性格特质中只选一种，我必毫不犹豫地选“乐观”。乐观是最重要的，世上最美丽、最富有的人都会遭遇低潮，都会遭遇不愉快，只有乐观的人能够永远从黑暗中看到光明，永葆快乐心境。乐观在，希望在。生命最重要的是有希望。希望在，笑容便在。

正是笑容令混沌人生变得有价值。

不知道老天会不会答应我这选择，然而我知道自己可以尽力。才八个月大的娃儿，不知道什么叫乐观，笑容完全来自自然。但她会成长，在她的成长过程中，我会尽一切力量，教导她要乐观，要保持希望，要从乐观和希望中创造笑声。如果有一天她对人说：“父亲对我的最大影响是教我做一个乐观的人。”我便心满意足。

我家“秦始皇”

家中有两大书灾，一个不算罕见，另一个不算寻常：不罕见者是书本太多而家居太小，无地容书，从书房放到厨房，杂乱无章；不寻常者是家有十个月大小孩，站在学步车内到处狂奔，呼啸而过之处，书本或被推倒，或被撕碎，甚至，被吞食！朋友曾称他的女儿“无法无天”；我则称女儿作“秦始皇”，因她够“目中无书”。屡劝不改，舍不得用高压手段对之，只好改用怀柔政策——主动给她纸张，让她撕个痛快！

经过多番试验，发现某份英文经济周刊的印刷纸张最受“秦始皇”和本老子欢迎。纸质硬度适中，撕得顺手；纸边不够锋利，不会割伤粉脸；印刷色彩鲜艳，足以吸引注意。总之，样样适合，有此杂志，可挡家中书灾。

于是长期订阅。每周收到，匆匆阅毕，献上以供“秦始皇”娱乐。有一回真想调皮地写封读者信给杂志编辑，感谢他们的“舍生取义”。

希望你

希望你

有一颗珍珠般的心

小小的

但是晶莹得可以看出真实与谎言

希望你

有一个英雄般的胆

大大的

但是只为了人世的不平而鸣

希望你

走遍世界每一个角落

学习着

一种简单的感动

希望啊

希望你

拥抱天底下最灿烂的爱情

绽放出最可爱的笑容

希望一个勇敢而又坚持的女子

希望一个乐天而又善感的女子

希望一个自给自足的女子
源源不绝地
给温暖
给爱
给知识

而我可以说，那是我的女儿
一个女子
简单如一张白纸
复杂如一个世界
可以只是一个女子而已

小情人

很多人想必有过身为小情人的阶段，是父母心中的小情人，牵绊着父母的心。记得马雯出生不久，一位有多年父亲经验的朋友问我:“怎样？有了女儿，像不像多了一个情人？”那是说，与女儿谈恋爱啰？也像，也不像。与大情人谈恋爱，我是不相信心理学家所说“开放的感情”那一套的，我读心理学出身，我懂。大情人与大情人之间的关系，“独占”是基本元素之一，没有占有成分的爱，只有圣人才做得到，凡夫莫办。

与小情人谈恋爱，“分享”才是精华所在。看着小女儿一天天成长，心智上的，肢体上的。在成长过程中逐步走向世界。她拥抱世界，世界拥抱她，热眼旁观，你分享了她的种种喜悦与光荣，探索与惊讶，以及伴随惊讶、探索、光荣、喜悦而来的种种焦虑与烦忧。

同是爱恋，同是牵肠挂肚，走的方向可不一样。

然而都是一样可爱，大情人与小情人。

遥控器争夺战

家里正有一场“遥控器争夺战”，且看是谁家天下。

这是一场介于我与小雯小姐之间的“战争”。每次当我坐在沙发上按动遥控器遥控电视时，坐在学步车内的她必第一时间冲过来，伸手抢夺。

不是普通的冲，是边叫边冲，一面冲，一面喊出“呀呀呀”怪叫。真似冲锋陷阵杀入敌营，而且六亲不认。

现代小孩子肯定在了解什么是“父亲”之前便先知道什么叫“遥控器”，以及知道遥控器与电视之间的关系。因为小雯尚不懂喊爸，却懂得一抢到遥控器，马上转身冲向电视机，将遥控器朝电视机荧幕上敲个不停。显然，她看得出小小的遥控器和大大的电视机之间存在着某种奇怪的关联。不懂按键，唯有直接用遥控器敲电视，以求奇迹。

一来因为自己想看电视，二来因为不想让小雯小姐站在电视机前面看电视，只好无情地从她手中抢回遥控器。然而我抢，她夺；我再抢，她再夺。我抢她夺多次之后，往往是索性不看电视了。

关掉电视，大家看书去。

“魔鬼之父”

万圣节当日，我做了“魔鬼之父”。因为我将小雯打扮成“小魔鬼”。

那是在一家玩具店买的化装道具：一个红头套，上面有两只红布小角；一个红色蝴蝶结，缚在颈上；一根红色“鬼叉”，拿在手中。肥肥白白的小雯便成了“小魔鬼”。

抱着“小魔鬼”逛商场，每个人见了她都笑，频呼可爱，逗她，哄她。“小魔鬼”本来就爱笑，跟每个人打招呼，笑得甜丝丝的。

我索性也买一套道具，将自己打扮成“大魔鬼”。头上有角，戴上魔鬼假耳，套上魔鬼假牙，犹如地狱使者。

“大魔鬼”抱着“小魔鬼”，在商场内喝咖啡，吃汉堡，不亦乐乎。当然，“小魔鬼”只喝奶。

逛完半天商场，带“小魔鬼”参加一个儿童化装舞会，家长们各带子女，各出奇谋，小老鼠、小天使、小白兔、小超人，可爱的孩子们跑的跑，爬的爬，乱成一团。“小魔鬼”却在我怀里睡着了。我只好看着别人的孩子玩耍。偶尔故意张大嘴巴，用魔鬼假牙吓他们，他们哗然大叫，我便哈哈大笑。但“恶有恶报”，他们的叫声把“小魔鬼”吵醒，她一睁开眼睛，马上哭得眼泪鼻涕狂流。我狼狈回家。

回家后，好不容易将“小魔鬼”安顿下来。睡着了，嘴角犹带微笑。轮到“大魔鬼”吃饭，但各家孩子先后来敲门索要糖果，吃一碗“公仔米粉”竟须暂停六次。这是万圣节习俗，孩子化装成魔鬼敲门说“Trick or treat”，亦即“你不给糖果，我们便捣蛋”。我早有准备，一一应付，终于吃完米粉，回到房内，躺在“小魔鬼”身边看书。

守护她，魔鬼勿近。

大小魔照

收到读者 Isotta 寄来一信，并附一画，画我抱住小雯小姐的模样，很有趣。

曾写一文说我于万圣节之夜将小雯打扮成一只小魔鬼，又将自己扮成一只大魔鬼，Isotta 好记性，画的正是这大小魔鬼的“大小魔照”。不过，说实话，Isotta，你知道你将我和小雯小姐画到好似一个 Batman（蝙蝠侠）抱住一个猫女郎吗？要扣两分！

Isotta 年纪轻轻，想法多多，她在信内提及当父亲的感觉，深得我共鸣：

> 其实做爸爸的感觉很特殊！唉！身为女性的我就有此想法！男人不能生小孩，要女人生，好像很疏离，但又是自己的女儿！很亲密的感觉，所以很特殊呢！大概我没有你的感觉了！但相对地你也没有怀胎十月的感觉。骑骑（吃了奸人糖后的奸笑声），上帝真公平！

Isotta 的观察是敏锐的。男人（至少我自己）对小孩子确有这种“既疏又密”的感觉。她源自母体，十个月来，养她，育她，照顾她，她与母体连成一体。作为一个“外在者”，我是很无力的，无力而焦急。然而那又是我的孩子，我在产房迎接她的来临。那是一种很奇特的震惊的经验，至今震动着我。

一年了，我正尝试用笔描述这三百六十多天来的经验，写一本书，送给她。

书名可能叫作《女儿情》。Isotta，你说好，还是不好？

马氏家训

车行于途，窗前雨刷突然失灵。本想直驶车行修理，无奈风急雨劲，没有雨刷根本开不了车，只好硬着头皮下车亲自动手修。左弄一下，右调一下，咔嚓一声，居然搞定。

开心得我哈哈大笑。

算是一种不可思议。这双手竟然懂得修理雨刷，从没想过。我向来不善工艺，最简单的修理功夫对我而言都是大难题，如果阁下好记性，一定记得我说过曾花一个通宵来修一个电脑小零件，而且始终没修妥。

万料不到此番轻动十指即创出“奇迹”，想来，未尝不是“事急马行田”之功。若非天降大雨，绝不会亲自动手；若不亲自动手，绝不会知道自己能修雨刷。

被迫尝试，乃见潜能。

一个“试”字甚是了得。

于是立即掏出随身笔记簿记下这则新想到的“马氏家训”：尝试。

极简单的两个字，却经常忘记去做。而且可以预见，以后年纪愈大，愈不敢轻易尝试新挑战。故，急急记下“家训”提醒自己。当然，小雯小姐可是要将“马氏家训”全部背诵的。不多，嘻，目前一共只有三百五十九则……

雪儿

连连大雪，天地苍茫，受够了，干脆足不出户，拉下窗帘，眼不见为温暖。好不容易等到雪停，探头察看，窗外一片无穷无尽的白。积雪层层重叠，马路、行人路早已难分，雪掩其上，延绵而成雪丘，丘上足印连连，行人纷纷，似有约定地前后踏出一种奇妙的图案，很有画意。

瞄一眼天边，夕阳缓下，雪地竟因而映照成橘黄，橘黄又随雪丘起伏化成浓淡有致，炫目迷人。按捺不住，用最快速度帮小雯穿上毛衣，再穿雪衣，赶在天黑之前出门去。出门去玩雪。

将小雯放在一块红色雪板上，板前牵缚着一根白绳子，拉绳而行，雪板即动。小雯就这样被我拉着，在雪地上左右兜圈、滑行、冲刺，开心得哈哈大笑。

才玩一阵子，又降微雪，雪粉旋转舞落在她红彤彤的脸上，因雪衣紧裹，无法伸手扫拨，可怜的小家伙只好不断眨眼。在我看来，更觉可爱。来，拍一张照吧，回香港后，你必怀念今天的雪白世界。

小雯去年出生时正是大雪天。朋友曾经建议取名“马雪”。嗯，雪，雪儿，不错。就当是别名吧。

亲职

记忆中从未有过像目前一样手忙脚乱的日子，面对数月大的小女儿，身边没老人家指导，简直不知如何是好。发烧了，怎么办？出疹子，怎么办？尿布疹、吐奶、哭个不停，怎么办？几乎每天都要面对一个新的“怎么办”难题，一步一惊心，手足无措，焦急如迷宫内的白老鼠。甚至无病无痛亦有其他“怎么办”。怎样教她讲话？如何教她走路？何时开始学认字？全无头绪。忽然之间对自己失去信心，始知“亲职”原来是世上最艰难的职业，只觉危机四伏。

然而小女儿似乎比我“气定神闲”得多，一切顺其自然，能翻身的时候自动翻身，会爬的时候自动爬，日后，顺其自然下去，当然亦是懂得走路的时候自动走路，能够学语的时候自动开口。生命中自有最奇妙的“程序”，时候到了，程序自行运作，急不来，也阻止不了。

始悟“小人”是全世界学习能力最强的人，爬走翻跑跳，统统难不倒他们。

父亲如我，简直是个心急的白痴。

玩具

今年圣诞节准备做一次圣诞老人，买一堆玩具，分别送给多位朋友的孩子。都是不太贵的玩具，所以舍得多送，在挑选过程中找到无穷乐趣。

未当父亲时甚少逛玩具店，有了小女儿，眼界焕然一新，在玩具与玩具之间发现新天地。

玩具店实在是迷人空间，色彩缤纷，充满幻想，女孩子的洋娃娃，小男孩的刀枪炮，无不满布奇思。

尽管有人说过在洋娃娃与刀枪炮之间可以看到“成人世界的缩影”，我眼中看见的却是成人世界所失落的纯真与想象。种种在成人现实世界不可能发生的事，都在玩具之上找到。

被刀枪炮“杀”完一轮可以重新活过；洋娃娃永远善解人意，耐心听小女孩诉苦。玩玩具的日子是一生中最能放肆、最能为所欲为的日子，一辈子就仅仅有这一段“完美”。

告别玩具之后，一切皆须步步为营。在现实世界做事是不容“重来”的。将玩具送给小孩子，他们都说“谢谢”。

其实我也在心里说“谢谢”。只因买玩具，东摸西碰，我分享到儿童世界的欢趣。

我再次遥遥感受到那份逝去的完美。

真正的圣诞

今年是成人后过的第一个“真正的圣诞”，因为今年当了父亲。

过“真正的圣诞”，意味着全心全意投入圣诞气氛，布置圣诞灯饰，准备圣诞礼物，唱圣诞歌，讲圣诞故事，甚至，考虑买服装道具扮圣诞老人，统统做齐。劳民伤财，只为博小女儿“红颜一笑”。

上次如此投入过圣诞，是小时候的事情了。那时候，是父亲劳民伤财博我和姐妹们一笑。

在父亲的刻意安排下，我们相信圣诞，享受圣诞，真真正正沐浴在圣诞气氛之中。长大后过的所谓“圣诞”，其实只是一个狂欢借口。循例到尖东看看圣诞灯，循例寄出一堆圣诞卡，循例送一两份圣诞礼物。然后，便是拍拖、饮酒、跳舞之类，与其他节日假期无大分别。

直到长得更大，自己当了一个新生命的父亲，“真正的圣诞”才再来临。努力为小女儿制造一个难忘的白色圣诞梦，努力着，努力着，自己竟再次相信起圣诞来。说不定真有圣诞老人在那天上……

恐怖两岁

美国人称这为“恐怖两岁”，Terrible Two，其实也没什么啦，所谓恐怖，亦只不过至如斯地步而已——她会从早到晚纠缠在你脚下，一直咿咿呀呀要你抱抱。抱到你手臂抽筋时，你会忍不住对她说：“唔咳，你快点识个男朋友，叫他抱不要叫我抱。”

她会什么事都有样学样，你坐下时跷起二郎腿，她也会；你饮汤时发出稀里呼噜的怪声，她也会；你与朋友聊电话时不小心讲句粗口，她竟也学舌！

她什么东西都跟你争抢。你在书房用电脑打字，她听见噼里啪啦键盘声，马上哭着要进来打一通；你在浴室刮胡子而忘了关门，她会闯门而进，呱呱叫着向你抢刮胡刀；你喝咖啡，她当然抢咖啡；你喝啤酒，她也抢，不过你一定不会答应。

她会拿笔在你所有书本上乱画一通。她会将你最心爱的杯子摔在地上打个稀碎。她会将你在泰国买回来的小礼物拿来在桌子上乱敲，礼物终而折成两半。

她会做的恐怖事情还有很多。

然而她也会娇滴滴地喊你一声爸爸。

所以你会原谅她。

她叫马雯。

奶嘴与爱情

马雯要戒奶嘴了，不得不戒。她爱玩，躺在床上，将奶嘴套在脚趾上，再像表演杂技一样将奶嘴放进嘴里，然后脚趾向后猛力一扯，“噗”一声拔出奶嘴，奸诈的她乐得哈哈大笑。然而日子有功（时间长了），塑胶奶嘴禁不起折腾，终于应声而断。奶嘴断裂之际，她大小姐先是愕然，接着一如所料，伤心号啕；但大出意外，只哭几声便停，仿佛认命了，不再依恋。

她本有另一个一模一样的奶嘴，只是颜色不同罢了，但性格强硬的她竟“得不到最爱的便宁愿什么都不要”，拒绝“变心”。好心将奶嘴拿给她让她“顶瘾”，她反而生气，接过奶嘴，气冲冲跑到床边，用力将之丢进床底下去！好一个决绝女子。

然而决绝了两天后，晚上她从梦中惊醒，显然怀念起奶嘴来，霍地坐起，悲然大喊一声：“奶嘴！”喊不回来，她竟伤心至不肯睡于床上。自此晚晚睡客厅沙发，趁她熟睡抱她进房，只要她一醒来，立即跳下床离开睡房。我猜她是不愿留在房内以免“睹物思人”。

戒奶嘴有如失恋。好一个痴情女子。

藏东西

小雯小姐每天给我带来新惊喜，因为她迷上了“藏东西”游戏。

玩具积木藏在冰箱里、圆珠笔藏在水杯里、蜡笔藏在沙发抱枕里、牙刷藏在厕所马桶里、奶嘴藏在枕头里、糖果藏在鞋子里……里里外外，她可能在试探着人世每一寸空间的包容性。

游戏玩久了，令老子变得疑心病甚重。每逢东西失踪，我做的第一件事便是眯起眼睛看着她，希望她做贼心虚，自行招供，将东西找出来。

她无反应，我便直接问：“是不是你？是不是你？”

她总是懒于开口，我只好自己找寻。费一番功夫，总找得着。找到之后，也不管三七二十一，一并诿过于她。“一定是你，一定是你。”她也懒得回辩。好一个沉默女子。

或许我不该抱怨，因为专家说，“恐怖两岁”爱藏东西，其实不算太糟糕；更要命的将是明年——三岁小孩子爱破坏东西！明年，她三岁了，她将东拆西摔，将手上一切破坏无遗！

看来家里物品统统要买保险了。

木马

买了一座摇摇木马，很古典，纯木，没漆半丝颜料，很欧洲风。

毫不便宜，而且不易找到，问了一家又一家店，都没着落，终于订到，且要等，等了数星期才买到手。

将木马买回家，小雯小姐不太爱骑，玩了几下，碰也不碰。本来可以拿回店退货，但我没这样做，因木马放在客厅，我看了，心里喜欢。

那种喜欢的感觉，说得确实一些，是温暖，一种很接近甜蜜回忆的温暖。

小时候家里就有一座木马，虽非纯木，只是内地公司卖的那种油漆得五颜六色的。然而骑在马上摇来摇去的兴奋感至今仍深在脑中，像电影镜头，摇过来，摇过去，再摇过来，晃晃荡荡。

镜头一转即三十年后，到今天，不知何故就是极想再次看见家中厅里有一座木马，于是买。类似感觉常于陪马雯逛玩具店时涌起。看见某些玩具，隐约觉得：呀，我小时候有过，很想再玩一次。于是买。

未为人父之前从无这感受。不知这算不算是一种矛盾：一方面急于拥有作为父亲的成熟，另一方面常让自己沉溺于缅怀童年。

或许这正是成长。

怪兽

睡到半夜，脚趾感觉有异，以为是被可恶的蟑螂咬。撑起睡眼一看，原来只是可爱的马雯站在床下摇我脚趾。

又失眠了，这小女孩。

她似乎遗传了我的神经紧张，小小年纪就常失眠，亦常做噩梦，醒来涕泪滂沱，眼鼻皆肿。问她梦见什么，答不上来，毕竟仍只两岁，只知是噩梦。

心疼之余很好奇，不知噩梦是否亦有遗传。我小时候亦是“噩梦大王”，三天两头就从梦中惊醒。那梦境，也是说不上来，只记得是一个怪兽之类的物体，体积庞大，而且会变，愈变愈大，愈变愈大，直扑过来，吓得我哗然惊叫。直到十岁以后才与梦中怪兽“绝交”，二十年没见了，早已忘掉它——直到如今。

如今，见马雯亦常从梦中惊醒，乃想：她的噩梦会不会亦是我的噩梦？她梦中，是否亦有我当年的怪兽？抑或，是我当年的梦中怪兽的女儿？

愈想愈觉得有三分似武侠小说。上一代的“梦中恩仇”延续至下一代梦中，延续延续，梦似人生。

下课

下班后匆匆赶到幼儿班接小雯小姐，我下班，她下课，时间恰好。

一天下午却迟到，到时教室空荡荡，只剩小雯与其他两三个小孩子默默散坐在地上看书。小雯抬头见我，惊与喜，尽扫适才充溢眼中的落寞神情。

我懂这种感觉。

小时候亦曾被“遗弃”于学校，眼睁睁地看着他走了，她走了，同学们都快快乐乐地牵着父母的手走了，只剩自己和老师。像卡通幻想，在我眼中老师的身影顿然拉长百倍，狰狞可怖；而我呢，则缩小如一只小老鼠，贴紧墙角，不敢动弹。

这种苍凉无助的感觉在心中定影，隐藏在自己不察觉的意识某处，偶尔浮现，却忘了个中细节。直到这一天接小雯，她的眼神重叠我的眼神，既而伸展成一张宽银幕，清楚地放映着我自己当年被“遗弃”于学校的一幕。两代眼神交叠，惊喜与落寞，如出一辙。

我伸出手，道：“Let' s go home.（我们回家吧。）”

一起走出校门，走上那总是循环的人生道路。

候诊

带马雯看医生，过五关斩六将，一星期前电话预约，抵达医院时在大门挂号，到候诊处要再次报到，护士先看，实习医生后看，到了最后，才见主诊医生。

说得好听是“分工精细”，说得难听则是“人力浪费”，难怪收费高昂。

然而过关斩将后听主诊医生说一句“健康正常”，顿觉值回票价。离开之际，胖嘟嘟的护士小姐略带忧心地提醒，小雯体重似落在本州平均数后面，有必要加重，否则会变成“袖珍女子”。

袖珍？才不呢。别忘了这是美国啊，尤其威斯康星州，可能天寒宜多肉，据统计本州是全美最多胖女子聚居之地（明尼苏达州是第二多）。谁愿意与她们相比而“名列前茅”？是她们超重，可不是我们袖珍。作为“外族”，我们自有另一套胖瘦标准。

但当然没对护士深入解释，她只是好心；我笑着，只道OK。她面露疑惑，可能搞不懂为何父亲会因女儿袖珍而高兴。开车回家，想起那个胖护士的表情，忍不住哈哈大笑。

诗词

陪小雯小姐读在台湾买的《看图念唐诗》，先用普通话念一遍，再用广东话念一遍，小娃儿听不懂内容却听得出音节有异，傻乎乎直看着我。

念着念着，渐觉苍凉。

举头望明月，低头思故乡。

向晚意不适，驱车登古原。

只在此山中，云深不知处。

旧时王谢堂前燕，飞入寻常百姓家。

月落乌啼霜满天，江枫渔火对愁眠。

七言五绝，十居其九属感怀伤逝。投入地念着，语调渐转深沉，突然惊觉，中国儿童可真早熟啊。只因我们有唐诗宋词，自小学开始，一首一首地念，念到中学大学，虽说是为了应付考试，诗意词情早已不知不觉深嵌脑海。小小年纪已经隐约明白什么叫作思乡怀故了。

记得读中学时语文课本里面有一首辛弃疾的词，“八百里”，“五十弦”，威风凛凛，然而结语竟是“可怜白发生”。一切只是梦幻回忆。十来岁豪情少年低头背诵，强迫自己想象那老去的凄凉。唐诗宋词让中国儿童过早闻嗅到生命旅途上的灰暗与感伤，忧怀与失落。中国童音琅琅吟诵着数千年成人世界的悲凉。于是早熟，于是多愁善感。

家辉家辉

洋邻居的五岁儿子每次见我出门必开开心心地隔着窗口大叫："家辉家辉，你去哪里？"

邻居平时叫我"家辉"，他有样学样，竟也"家辉家辉"地叫起来。

可能因他讲的是洋文，"隔了一层"，听来并无特别的感受。暗想，如果他是华人，讲的是中文，说不定我会介意。

不得不承认自己在称谓方面仍有执着，至少我未曾试过直呼叔叔伯伯之名。小时候称呼的是什么叔什么伯，后来，全香港流行叫 uncle，便亦改口叫 uncle。这 uncle 那 uncle，亦算是一种尊称吧。

多年习惯，如今若真叫我直呼长辈之名，心里怪难受。

不过，人会变。初到美国时，见到老师必尊称教授。后听洋同学皆只直呼其名，阿 Joel 阿 John 阿 Jack，叫得亲切，教授也应得亲切。于是有样学样，奇怪，果然觉得两人之间距离缩短，亲近多了。

在美国住得愈久，可能被"同化"得愈深。日后说不定真会连这份执着都扔弃。男女老幼，一律叫我"家辉家辉"吧。

说不定终有一天小雯小姐亦说："家辉家辉，我想买一个洋娃娃，好不好？"

半个周兆祥

日本朋友请吃饭，一道生菜沙拉，青菜全部是自己下田种的，够健康。称赞两句，日本朋友得意扬扬地回道：“种田好简单，你也可以！”

绝对是误会。不简单不简单，下田对我来说是天大难事。自问百分百城市人，不亲土地。站在草丛内，怕蛇；站在泥巴上，怕虫怕蚁怕脏。当然，最大的怕，是怕累。四体多年不勤，一旦勤起来，要命。

社区内有一大片农田，住户可申请耕种，前阵子动过念，想申请，带小雯玩一玩。后来仍因一个“怕”字而只得一个“想”字，没递表，免得“生人霸死地”，荒废可惜。

不喜种田，却爱上看田。偶尔晚饭后带小雯到田边遥看一众邻居弯腰躬耕，远远晚霞在望，虽无炊烟，已够诗意。

邻居们种了各式菜瓜，高的矮的，地上的地下的，我竟无一辨认得出来。

好笑，只知是植物，不知是什么菜、什么果。看远处田上有父亲教子女浇水耙泥，笑声传来，暖人心头。暗暗庆幸小雯尚幼，不懂细问菜瓜名目。否则，全说 I don' t know，也够丢脸。

自问充其量只是“半个周兆祥”。他带女种田，我与小雯却得个“睇（看）”字。

另类男人电影

新年假期高高兴兴地看了一场电影，《肥妈先生》，罗宾·威廉姆斯扮女人，极逗趣。

散场步出戏院，吁了一口气，总算，我们有了一部“男人电影”。

“男人电影”不一定是阳刚的、打打杀杀的。男人固有侠骨，更有柔情。《肥妈先生》就是一部柔情的男人电影，它肯定了男人柔情的一面。片中，罗宾·威廉姆斯饰演一个喜欢终日跟子女玩耍厮混的“欠缺上进心”的男人，女强人太太要离婚，跟他争取子女抚养权。为了每天接近子女，他被迫假扮女人，取名 Mrs. Doubtfire，到太太家中（亦即自己家中）应征管家工作。

剧情由此展开，Mrs. Doubtfire 的管家做得十分成功，成功到感动了女强人太太，在愤怒地拆穿了他的庐山真面目之后，回心转意让“她”继续当管家，每天有机会跟子女相处一个下午。

于是罗宾·威廉姆斯可以用回真正的“男人身份”来做“女人工作”。而这正是《肥妈先生》跟《窈窕淑男》（又译《杜丝先生》）的最大差异。《肥妈先生》从拍摄到上映，都被批评“抄袭”《窈窕淑男》。同样是男扮女，同样是喜剧，形貌相似。这其实只是皮相之见，这两部片的本质彻底不同：一部是女人电影，一部是男人电影。

《窈窕淑男》当然是女人电影。达斯汀·霍夫曼扮女人，以女人的“伪装身份”走进工作世界，意图引领男性观众的眼睛去观察、体验女人在工作场域内所遭受的种种排斥、歧视、性骚扰。它很明显是在肯定女人的“工作面向”，它是说，女人呀，也能胜任任何工作，也能像男人一样做得好，也能拥有所谓“男人特质”（“女主人公”Tootsie 的其中一项成功之道正在于够独立，“似男人”）。

《肥妈先生》当然是男人电影。罗宾·威廉姆斯扮女人，以女人的“伪装身份”进入家庭世界，意图引领男性观众去反省、感受男人在家庭场域内所遭受的排斥、抗拒、贬抑。它很明显是在肯定男人的“家庭面向”，它是说，男人呀，也能胜任管家、厨子，也能像女人一样做得好，也能拥有所谓“女人特质”（男主角后来在电视台扮女人主持儿童节目，成功之道正在于他够柔情，“似女人”）。

所以，《肥妈先生》与《窈窕淑男》之间的关系，绝非抄袭，顶多只是“互补”。两部电影皆采取“伪装策略”，但后者肯定了“工作场域内的女人”，前者则肯定了“家庭场域内的男人”。女人走进办公室和男人走进厨房，都是具“正当性”的事。

所以，看完《肥妈先生》，我马上飞车回家照顾我的小女儿小雯，万般高兴地，光荣地。

孩子梦

好莱坞娱乐圈可能有两个人对小孩子最是“迷恋”：一是迈克尔·杰克逊，一是史蒂文·斯皮尔伯格。迈克尔·杰克逊的官司已有定论，但官司归官司，真相到底如何，尚待时间沉淀显露。好莱坞的风云八卦通常需要四十年左右才会渐呈轮廓，若是到了玛丽莲·梦露、猫王普雷斯利这个级数，则更要付出耐性；他们的丑闻或逸闻有如海岸边的风化岩，时间如刀慢慢切割，急不来。

至于史蒂文·斯皮尔伯格，其对孩童意象的着迷则早已在电影里表白得清清楚楚，从《E.T. 外星人》到《辛德勒的名单》，从《侏罗纪公园》到《人工智能》，小孩子几乎是每部作品的必备演员。在离奇致命的灾难里，孩子无助地站在生死边缘，等待救助，静候援手，一双睁得大大的眼睛看破人间恐怖，它以希望打底，但更多的是绝望，唯一能够依赖的是奇迹降临，而奇迹，往往只能在星光幻影里寻得。

《世界大战》当然也有个小孩子，而且几乎照例地是个小女孩，面对凶残杀戮的外星人，孤立无援，只能全然被动地在汤姆·克鲁斯的保护里逃出生天；这样的一个小女孩，照例地叫我们不舍、怜惜、心疼，她的处境提醒了我们的无力和丑恶，但也只有通过保护这样的一个小女孩，我们才有机会救赎自身的无力和丑恶。

或许斯皮尔伯格从没喜欢过人类历史，不管是古往或今来，无论是现实或幻想。历史于他终究是一场灾劫，我们是劫难的生产者，也是受害者，身在此山中，注定承受悲痛愁苦。而电影里的小孩子，乍看是有待援救的对象，其实，倒过来看，小孩子才是救援者。因为孩童的生命象征着期待的未来，唯有奋不顾身地保护小孩子，人类才可彰显那仅余的卑微善良；也唯有保护了小孩子，人类始有活下去的理由和希望。人类因为孩子而得救。

或许史蒂文·斯皮尔伯格想告诉世人的是：我们就只能在希望与希望之间流转轮回，而希望，从来没被实现过。

《世界大战》改编自小说，曾被拍成电影，此番再拍，是另一种版本的展现。这个版本，可说是斯皮尔伯格的“孩童情结”的延续篇，他把小孩子放在混沌世界的中心，因为人类依靠希望而活，在孩子的梦里，我们有了继续呼吸的勇气。

以父亲之名

新学期了，八卦地翻看小女孩的语文课本，沉甸甸的一册，彩色精印，纸页厚重，即将成为她的书包“累赘”。

就不过是一本“用后即弃”的教科书罢了，为什么要印得这么精美呢？忍不住在心底暗问。如果采用的纸张比较粗糙，如果不必用全彩而只用单色，会否不再卖得这么贵？会否，家长的荷包和学生的书包都会变得无比轻松？

教科书的市场肯定出了严重问题；先不说纸质和价格等技术问题，仅看内容编排之臃肿琐碎，已知大事不妙。

一本厚厚的教科书，收录的只不过是十多篇长短不一的古文今文，都算是精品或经典了，开卷有益，读了都应有所收获。但要命的是每篇课文都尾随一大堆解读、例句、提问、延伸、复习等说明和研习，可以想象，老师将会在课堂内强迫学生把每个精妙的句子像拆毁天星钟楼一样敲碎至七零八落，也像验尸房内的解剖，非把每个器官以至于每个细胞还原成最基本的单位才肯罢休，而一篇好文章往往就这样被“谋杀”了。读者，不管是小孩子或成年人都不会再对它有胃口，反而会厌弃它，痛恨它，以至于厌弃和痛恨所有阅读。

是的，孩子们不喜欢阅读，不是没有理由的。台湾作家唐诺曾经有此观察：“如今我们不吝惜地给小孩一大堆书，却没给他们读这些书的时间，他们肩头上动不动就十斤重的大书包，小学二三年级就开夜车念书绝不是什么新鲜事。”在唐诺眼中，课本尤为令孩子讨厌阅读之源，因为学校教育企图“在同一年纪，但其实个个心性、兴趣、才华不同的小孩中，勉强寻找出一个最基本的公约数来，这个尺度，本来就把几乎所有精彩的、有独特个性的、富有想象力的，但也因此不稳定的，带着争议甚至说有‘危险’的美丽东西给排除出去”。

“一个人如果每天被迫和那寥寥几本无趣的教科书相处十二个钟头以上，若他还挣到半小时一小时自由时间，你以为他还肯再打开另一本书来看吗？”

对极。救救孩子，请先解放教科书；让孩子轻松一点，他们不会变坏。以父亲之名，我必须说，拜托，请对孩子多一点信心与爱心，好不好？

妈祖

尽管去过不知道多少遍了，既来澳门，不可能不再去一回，像是访旧，又似是探亲，总之是，不可不去。

说的是澳门妈祖阁。

从小就来了，这座小小的庙宇，庙内妈祖看着我成长衰老，我却亦看着她的所在外围愈趋华丽，先是铺了黑白相间的石砖，继而兴建了一座海事博物馆，最后是撑起了几把后现代式的塑料阳伞。海边有一个小吃亭，坐下来，闻着混杂着海水腥的咖啡香，遥想这个小埠的前世今生，心底自会涌起一曲《二泉映月》，悠扬的，一个下午难得的宁静。

有一回曾在此处看着一位长辈流眼泪。站在岸边，望向石滩，她忽然眉头一皱，忆起四十年前“屈蛇（偷渡）”来澳的不堪情景。一群人蜗缩在渔船舱底，只闻海浪波涛的潮拍风吹，天地茫茫，每一秒都可能是绝望之境，终于，在月夜里抵达，双足跨到船外，踩在石上，第一眼看见的便是妈祖阁。她的生命，在这刻又开始了全新的阶段，而那天重回旧地，生命已近黄昏；风声浪声依旧，世上宛如从无此人。

之于我，来妈祖阁已成习惯。小时候自是跟随父母而来，长大后曾经带女朋友来，带妻子来，带女儿来，甚至一个人来。模仿《花样年华》电影里的爱情传说，把秘密和心事讲给妈祖听，我相信她会替我守住，而且我也相信，她会懂得。

许多年前了，母亲曾经擅自来此替我求问姻缘，得了上上签，签文最末两句是“婚姻不久成佳偶，求嗣闺房得美男”，她遂笑逐颜开，深信儿子成家有望。许多年后，老人家重提此事，强调妈祖神威。我故作扫兴，笑道，中国文字有标点符号呀，说不定加了标点才更切合签文本义，妈祖想指的其实是“婚姻不久，成佳偶”，唯有破坏了嫁娶制度的束缚，自由自在，没名没分，才有办法成为真正的佳伴呀。

老人家连声说“啐”。

小女孩最介意的反而是后面一句：“我是女生啊，妈祖说‘得美男’，那便不灵验了。”

“古人惯以男性代表子女，重点其实在于那个‘美’字。你在美国出生，妈祖早已预知。”我也只能如此胡诌。

虽谓神明面前无戏言，但我相信，妈祖一定很大方。

洛奇

小女孩八岁生日那年我送了一对拳套给她。有人骂我“变态”，怎么会送这么暴力的礼物给这样温柔的一个小女生？我就是偏偏嫌她过于温柔，担心她受欺负而不懂还手，所以鼓励她举起拳头，向危险宣战，向不义宣战。这是父亲的远虑，不管小女孩懂不懂，却是天地良心，一片真诚。

小女孩果然不懂，也没兴趣理会，把拳套穿戴在手玩耍了三分钟，便摘下，放进杂物柜，从此物我相忘于江湖，直至她看完了《洛奇之拳王再临》（又译《洛奇 6：永远的拳王》）。

这是《洛奇》第六部了，跟第一部相同，有了一个机会，遂有一个奇迹。男主角在拳台上用双手证明了自己的坚韧不拔，赛果胜负是另一回事，至少能够撑得住，熬到钟声响起，自是顶天立地。一百二十分钟的曲折经营，为的就是等待这一声美妙的“当”，小女孩看得双眼发亮，热血沸腾，这应是她生平看的首部“励志片”，让她明白什么叫作忍耐和苦撑，这都是她最欠缺的，也是她最需要的。

六部《洛奇》，终究是第一部和最后一部拍得最能刺激观众的肾上腺。中间四部，同一个口齿不清的史泰龙，同一对硬如泰山的拳头，同一类先苦后甜的桥段，但偏偏令人看得发笑，难以感动，只觉天真。理由？或许是因为第一部的史泰龙够年轻，纵使戏里角色过于头脑简单和性格冲动，大家都会原谅，甚至相信世上确有此人；第六部的史泰龙则够年老，依然是头脑简单和性格冲动，大家也依然会原谅和相信。中间那四部，史泰龙不嫩也不老，观众自会期待他拿出谋略和智慧，没法接受他一味依靠毅力与汗水。像洛奇这号人物，在生命两头都有加分，中段却注定是吃苦的日子，票房失利，绝非无因。

踏出电影院，小女孩回家拉开杂物柜的木门，把头埋进去，努力找回六年前那对拳套。然而不知何故，拳套失去踪影，像神秘地人间蒸发，也像从第一部到第六部《洛奇》之间那整整三十年时光，仿佛一觉睡醒便不知去向。杂物柜门上有一面镜子，我望着镜影里的小女孩，忽想起，当年自己看第一部《洛奇》，也正是她今天的这个年龄。

开夜车

开学了，孩子们最痛苦的一件事或许是调整睡眠时间，提早上床就寝，提早起床活动，把生活时钟调校回所谓“正常”的早睡早起，明天上课，再战江湖。

小女孩亦须面对这项难题，而我用的方法是诱之以利：若她能够自拨闹钟以早起，我就掏钱准许她到速食店吃那些非常非常没营养的早餐。因为嘴馋，所以早起，小女孩连续数天成功获得了奖赏，尽管其所谓早起，亦已经是九点半的事情了。

九点半，不算早，但仍应获得肯定，因为她在赶自己的“暑期作业”，努力冲刺，希望在开学前完成手里的长篇小说。计划中有二十五章，目前好像已经写了二十一章，完成的机会不大，故更有必要开夜车赶呀赶。

把后面的章节缩短吧。站在她房门外，隔着门缝，看着她像一个小疯妇般把头埋在电脑屏幕里，我忍不住劝说。迁就时间，只好将就了。

她满脸不高兴地瞪着我，道：“是长是短岂是我能控制的？故事有属于自己的生命节奏，我只能顺着写；而且这只是初稿，写完还要修订。”

“哦，这么认真？”我调侃道，“那肯定下个暑假也写不完。”

“该完的时候就会完。”她懒得理我，把房门关上，继续做疯妇。房门上贴“R.I.P.”的白纸，Rest In Peace（安息），纸上写满《哈利·波特》七集死去的所有好人的名字。

福楼拜写《包法利夫人》到结尾处，女主角死了，他伤心得号啕大哭。朋友刚好来访，问明原委，笑他道：“你是作者，笔在你的手里，你要她生，她就生；你要她死，她就死。你若难过，把她写活不就得了吗？”

听后，福楼拜哭得更凄厉，边呜咽边说：“没法子，她在这样的情节里，不可以不死。呜呜呜……”

作家的笔不是万能的，或许正如神做了人，人有生命，神只能慈悲救赎，没法替人做生命的选择。也正如神会悲怜，作家亦会流泪。马尔克斯在家中阁楼写《百年孤独》，某天，下楼大哭，妻子瞄他一眼，立即明白，遂问一句：“上校死了？”马尔克斯边流泪边点头。

小女孩的小说叫作*Castle*（《城堡》），据说主角是一位十四岁的小女孩，从现代返回中世纪拯救人类文明，所以用的字都很古雅，我需在字典的协助下才勉强读得懂。

而我猜，或许等到了某个深夜，忽然听见小女孩饮泣，我便知道，她终于把小说写完了。

遇上威尼斯人

两年前在拉斯维加斯的"威尼斯人"度了一个小小的假期，每天用酒店房间提供的圆珠笔写稿。

握着笔，我对小女孩笑说："你知道这根圆珠笔可能是全世界最昂贵的吗？因为或许曾经有人用这根笔来写赌注，结果输光了身家。"

小女孩没理睬我，她根本听不明白，我却自顾自笑了。人生有许多事情，毕竟自娱者多，娱人者少。

正版的威尼斯人酒店，游泳池不大，但格局精致，池水旁边到处是花草，令住客确有躺在欧洲晒太阳的错觉。那回登记入住，替我搬行李的年轻白人说自己正在学习普通话。我问他为什么，他说，两年后将有一座新酒店落成于澳门，经理答应派他去工作。

我心里纳闷：酒店即使开设于澳门，亦犯不着找美国白人来搬行李吧？亚洲人那么多，你的普通话说得再好，亦难抢饭吃；但你懂英文，穿上西装，相貌堂堂，倒可站在赌场大堂上吓唬游客，最好阻止他们在地毡上吐痰。若劝阻无效，请在每张赌桌旁准备痰盂。

七百多个日子原来这么轻易过完。

澳门的"威尼斯人"开张，试业期间，半价优惠，住客占了便宜，但须忍受窗外传来的工地噪声。每早九点，准时开工，轰轰隆隆，把你叫唤起床再去玩耍。

住过澳门"威尼斯人"的朋友各有遭遇，有人认为极好，相比之下，它是吴彦祖，其他旧酒店都只是吴孟达。然而有朋友受到不可思议的对待，玩至凌晨六点返房睡觉，才刚入眠，大概是七点半吧，咚咚咚响起一阵急切的敲门声。"谁呀？"朋友在迷糊里喊问。

"打扫房间呀，小姐，你如果醒了，可不可以让我先进来打扫房间？你未醒也不紧要，我可以先打扫个厕所。不好意思呀，因为客人多、房间多，要早点打扫，等一会儿您交房换新客！"

据说世界是平的，"威尼斯人"来到亚洲，遇上中国人，产生了奇妙的化学作用，喜怒哀乐，谱出了不少离奇乐章，写下来，便都是酒店史上的好材料了。

揸住煲茶[①]

那天几乎用央求的口吻希望小女孩陪我到澳门看剧，剧名《油脂》，交换条件是在“威尼斯人”酒店住上一夜，让她重温数年前在拉斯维加斯的欢乐感觉；跟我一样，她喜欢怀旧。

心不甘情不愿地，小女孩答应了。为了提升她的赏剧意愿，出发前，我先把电影《油脂》买回家，让她看看特拉沃尔塔当年的雄姿，当然亦是借意在她面前吹嘘自己当年的雄姿。那岁月，特拉沃尔塔瘦得双颊下陷，飞机头，机翼衫，黑衣黑裤黑鞋，由头黑到脚，走路摇晃似撑船，样子实在帅气。但在十六七岁的吾辈心底，他是不可侵犯的歌神和舞神，所以当有人在电台节目里把他戏称为“揸住煲茶”，我生气得几乎想到电台泼红油漆。

小女孩看着电影里的特拉沃尔塔，我坐在旁边不断说：“啧，你看，多有型，多有型，我以前就十分喜爱。”她侧脸瞄我，眼神似是在说，喂，你好烦呀大佬，你要吹牛走远点儿啦！

我当然没骗她，少年人模仿偶像，天经地义，而既然刻意模仿，当然觉得自己神似，这是娱己行为，并非为了娱人；只可惜当时不流行拍照，没有留下有图为证的飞扬记录，否

---

① 揸住煲茶：广东话，提着一壶热茶的意思。音近英文。

则必刊印于此，污染一下大家的眼睛。

奇怪，在相簿内反而找到一张父母亲的黑白照片，亦是十六七岁吧，都穿着紧身摩登衫裤，和另一对男女朋友在保龄球场内直望摄影镜头，留住了目光，也等于留住了时间，永远青春。日后即使当小女孩老了，照片中人的笑容依然灿烂。

活在照片中的我们，快乐远甚于活在现实。感谢照相机，这个小小的装置就是天堂的入口，不必审判，即得永生。

《油脂》音乐剧是热闹的，男主角不是特拉沃尔塔，但无损精彩。小女孩看得哈哈大笑，还拍着手，跟着音乐轻轻哼唱。但唯望坦白从宽：全剧两小时，我在第一百分钟闭目入睡了。跟剧无关，只是前夜在赌桌上“怡情”太久，睡眠不足，在剧院的昏暗里呼呼睡去，还在梦中遇见何大博士鸿燊先生。转醒张目，小女孩在笑我。

傻了

那个晚上离开毓民牛肉面后在街头截的士，看见一座大楼的地下有间模型店，心血来潮，趋前察看，竟像踏进时光隧道般把我拉回童年。

原来卖的都是枪，长枪、短枪、猎枪、牛仔枪、机关枪，当然都是假的了，都只是气枪，但仿真度极高，令我看得口水直流。

其实早就知道地球上有这类东西，只不过懒得找寻，一直想着，慢慢再找，老了再找，当作老来的生活嗜好，也不错。不料如今偶遇，人未老，心却先动，恨不得各买一款回家放着把玩，略圆一下小时候的玩枪梦。

就这样，看完这间店，再看另一间店，前前后后有十多间模型店都是卖枪的，我来来回回，像参观博物馆般，彻底满足了视觉享受。到最后，压住心头狠痒，只挑了一把左轮，还是那句话，慢慢来，以后一把把买，老来不愁寂寞。

小时候住的是一梯四户的那种单幢楼，户户有男孩子，放学后做完功课，像候鸟约定一样，四点半准时聚集在楼梯口跑跑跳跳，也几乎每日都玩豆枪，一人一把，啪啪啪，小黄豆射到脸上身上，无伤大雅地痛，极有刺激感。

“食饭啦，衰仔！”只待其中一户母亲扯开喉咙这样喊了一声，便是游戏结束的时候，各自归家，留下满地豆子。

奇怪的是，印象中从没听过“垃圾婆”有所投诉。

那时候，好想好想长大了，买一把真枪。

把气枪买回家，把玩着，忍不住模仿周润发在地上滚来翻去躲避敌人，小女孩从书房走出来，看见了，瞪着眼睛大喊一声：“妈咪，老爸又傻了！”

其后，我嫌固定的枪靶挑战性不够。对小女孩说：“我送你一本新书，你把枪靶高举在头顶，在客厅走来走去，让我射击，好不好？”

她头也不回地走到书房，一边走，一边说：“看你真是傻了。”其后，我只好买了一堆的射击游戏，面对电视屏幕做枪王。同样玩得很快乐。这个圣诞，我一定玩得很快乐。

面朝大海

早上起床，小女孩睡眼惺忪却又欢天喜地，站在露台门前，若有所感地喃喃自语："哎哟，天暖了，春天终于来了。"

她跟我一样怕冷，春天来了，真好；春天真好。

这个冬天不能不算是恶寒，香港没有雪灾，但这么长、这么冷的冬天已够令人难受，仿佛把人事物都冻结起来，都是冷的，不愿去碰，去动，一切静止了好久好久。待到春天来时，心情的蠢动相信必更炽热、更强烈，恋爱的人会更纠缠，吵架的人会更凶猛，那是情绪的反弹，你必须拥有足够的理智和冷静去辨清真假。

春天来了，花朵是最早知道的。天冷时，露台的花都低头萎谢了，我因懒而没有把花丢弃，但也幸好因为懒才不至于糟蹋了一盆生命。花朵原来只是在寒冷下睡去，当春天来时，竟再抬头醒来，生命力之顽强令人吃惊。

花朵有生命的自我脉动，懂得自我保护，她的生命密码隐藏在我们看不见的地方，唯有当春天来时，她才向我们展露。

露台的花盆堆放着数十颗小石头，每颗石上本来都有儿童的彩绘和签名。陈慧莉，小四；王德喜，小五；赵福智，小六……那都是我的台湾邻居的学生，十年前我把几十箱书寄放其家，返港后，请担任小学老师的她把书寄来，她误把学生的美术习作也寄给我了。沉甸甸的纸箱，拆开，彩绘耀目，给我送来意外的喜气。

我懒得寄回，也舍不得丢掉，一直放在露台，彩绘褪色了，但一看见仍然记得拆箱时的快乐。

诗人海子在二十五岁时卧轨自杀了。把生命碾碎成残酷的诗句，模糊难辨每个标点符号，而他生前写过这样的句子："我有一所房子，面朝大海，春暖花开。"在这样的早上，想起来，总是足以暂忘忧伤的。

女子看花

满城凤凰花开，红彤彤的，像泼墨般点缀了路边山边，小女孩抬头看得把眼睛眯起来，眼神里有盆，盆里，有火。“记不记得几年前有套卡通动画叫作*Madagascar*（《马达加斯加》）？”我问小女孩。

“这种树，就来自那个既神秘又可爱的印度洋小岛。”香港许多街道都烙印着受殖民统治时的闯入者，那些街名都曾是人名，那些人名都曾是真实的人，在新的“疆土”上，用他们的方法，筑建属于他们的“功业城堡”，而其中一项，就是从异域远方带来了凤凰木以及其他各形各式的动植物，预告了这个地方终有一日将成为“国际城市”。

凤凰木原产于马达加斯加，天气愈热，生长得愈茂盛，凤凰花也愈艳红。十九世纪有一位法国航海家来到这个小岛，站在船上远观树花通红，曾经傻乎乎地大叫：“森林失火了！森林失火了！”惹得船员大笑，也替凤凰木取得了“flame of the forest”的别名。

森之焰，这场火，一烧两百年，并将永远烧下去。

花木是懂得移民的，不管情愿与否。凤凰木从马达加斯加被海上探险家带到遥远的亚洲，有欧洲人到过的地方就有它，新加坡、马来西亚、印尼，皆遭“野火”蔓延不休。中国台湾台南甚至以“凤凰城”作为别名，市花是凤凰花，对之忠心不已。

因花开于五六月之间，凤凰木在年轻人的心中总占着某个微妙的位置。那是学期即将结束的季节，同窗告别，无限依依。那更可能是初恋没法不画上句号的季节，你去远方升学，他在原地读书，日后的天涯海角，今天在如火花前见证了短暂无常。这是人生的第一课，黯然哀伤；深刻生命经验的第一位导师，通常是我们的初恋情人。

所以在台湾，“凤凰花开，骊歌初唱”，每个人都记得这样的歌词，也会在歌词里想起一些心跳的记忆。所以当小女孩抬头看树，她的母亲低首无语。她看她的凤凰花，遥想未来；她忆她的凤凰木，记忆过去。一丛艳红区隔了两代女子的无边思绪，我在中间，前后茫然，什么都没法看见。

螳螂拳

看完《夺标》，忍不住手痒，把左右两手的食指弯曲起来成钩状，轻轻地，在小女孩的背脊笃点了几下。

“哎呀，老爸又傻了！”每回见我动作怪异，小女孩例必对母亲大喊求助。她上一回大喊，是见我买了玩具枪回家，躺在客厅地上滚来滚去，扮演电影《英雄本色》的Mark哥（小马哥）。这回，她加送了一句：“老爸使用暴力，我要报警！”“这不是暴力，这只叫作武术示范。老子使出的是螳螂拳，非常犀利，能够于眨眼之间夺人性命，比你喜欢的什么劳什子西洋击剑厉害得多。算了，别上学了，不如我送你去武术学校，继承父志，他日变成武术名家，劲过李晖。”我故意胡言乱语逗她大乐。

但小女孩只是瞄我一眼，回房关门，理都懒得理我；对于不屑之事，她惯以轻视和冷漠对之，这点，她是其母的百分百翻版。

其实我也并非百分百胡言乱语，在青春年少的骚动年代，在湾仔长大的日常年代，在不会错过任何一期《小流氓》漫画的热血年代，如同大部分男孩子，对于武术我是曾经如此着迷，还跟着同住家里的比我大六岁的舅舅，学过几堂空手道，甚至学过神打，合十上香，单脚踢地，企图请得孙悟空上身以保刀枪不入。结果？当然都只是口水娱乐，不了了之。

倒是对一本叫作《五形拳自学法》的书印象深刻。薄薄的册子，还记得是淡黄色封面，每页一张图，龙蛇虎豹鹤，拳风凛凛，一招一式皆有图解。看了，即使从没练习过，已隐隐觉得自己“懂”了。有好一阵子，回校上课，挺胸抬头，不再是一个欠缺自信心的“四眼”仔。

或因有此经验，昔时看到电影《功夫》里的周星驰以小孩之躯买了一本《降龙十八掌秘籍》，心底暗觉温暖，几乎轻叫一声，呀，原来每个男孩都有过武术梦，且视武术如幻术，想用一对拳头打出一个江湖，名声与爱情都在其中了。这便是我们的世界，亦是那个年代的男孩子的共同暗语。

小女孩再亲近也进入不了我们的江湖。她毕竟是另一个世代、另一类“人种”。她跟我，不同“国”。

躲风如躲子弹

这辈子从没亲身遭遇，不，应说是对抗，这么大的风。不仅头抬不起来，身体简直不断被风往后吹退，如果脚下稍微放松，保证立即倒地。而我的双手还各提着一个沉甸甸的行李箱呢。

那是八号风球（台风）的晚上，一天以前在首尔的酒店内观看电视，明明是说台风吹向海南岛，香港应该无恙。我还对坐在旁边嘴角挂着甜蜜笑容的大女孩开玩笑道，你看，连风都避开我们，让我们安全回家，我们多厉害！

大女孩脸上带笑当然不是为了我；她一天之内看了两回音乐剧，她的近年至爱，特地前来，如愿以偿，岂能不笑？但当飞机抵达香港便再笑不出来。

航程尚算顺利，香港已挂八号风球而仍能从首尔起飞，应该感恩了，美中不足是降落时机身摇摆得厉害。一着地，大女孩忍不住哗啦一声吐个痛快，也落得肠胃干净。下机后，取得行李，只觉兵荒马乱，旅客们无不脸容绷紧。当然了，的士站大排长龙却只偶尔驶来一两部空车。机场巴士也早已停驶，即使仍有机场快线可搭，下车后仍须抢夺其他交通工具始能回家，尽管远比战争逃难舒服，却足以令人筋疲力尽。

香港站肯定没有的士，在如此风狂雨暴的夜里。唯有马死落地行，三人分别提着挽着背着行李极萧索地走到地铁站，摇呀摇，摇回家。问题是出闸后仍有一段两三百米的路无遮无挡，而我们手上也无伞无纸，只好硬着头皮冒雨直闯。此时我的戏瘾又发作了，模仿《八百壮士》之类电影片里的演员柯俊雄，正气凛然地叫大女孩和她母亲不必理我，挽着简便行李走在前头就是了，让我独自提着两个大箱子缓慢前进，一任风吹雨袭，能多走一步就是一步。

大女孩应一声“好呀！”，便欢天喜地走开了。她愈来愈知道应付我的最佳方法就是懒得理我。

于是我没趣地开展“牺牲”壮举，直面狂风，走向家门。风大，我只能走一步停一步，甚至必须躲在大楼前的柱后喘一口气，躲风如躲子弹，然后才能继续。大女孩则用母亲的身体挡风，亦是举步维艰，险被吹退。

回家后全身尽湿。门一关，风雨止步，人与行李同时瘫痪跌坐。

高飞不起来

旧版《名扬四海》好像是在碧丽宫上映的吧？不太记得了，毕竟二十九年了。那年，我十七岁，跟当下的大女孩岁数相同，而看戏之后的心情，恐怕亦跟大女孩今天看完新版电影的心情相近吧。

老头子当然觉得旧版比较好看啰。

那年头的 MTV 仍是电视上的新鲜事物，艾伦·帕克竟敢用 MTV 手法在大银幕呈现一群年轻男女的彷徨和欲望，劲歌热舞，停不下来的音乐拍子和手舞足蹈，把坐在黑暗里的年轻观众震慑得目瞪口呆。看后难忘，铜锣湾的炎夏气温暴升了几度。

旧版本除了带来新鲜刺激，主题气氛似乎亦较紧张紧凑。若没记错，二十九年前的《名扬四海》有不少竞争和冲突，男女之间的争风吃醋、两代之间的误会怨恨、同学之间的你输我赢、或大或小的对立矛盾把剧情发展推往高峰。到了末尾，和解的和解，出线的出线，观众的绷紧情绪获得疏解，遂可心满意足地离开戏院。

新版强调的显然是自我认同和生命共享，而不是冲突竞争。各有各的烦恼，然而烦恼互无交集所以没有什么对立可言，连一对年轻男女的短暂分手亦是淡淡的、轻轻的，没有构成拍台拍椅、要生要死的情绪决堤。至于最后一场的毕业演出，更是来得突然，完全欠缺适当的铺陈延伸，故我怀疑，拍摄时的计划应该远不止于这些情节，应该仍有别的，只不过在最后剪辑时因为某些理由把它们删去。由于欠缺铺排，前面没有冲突张力，后面的毕业演出便变成欢欢乐乐的“纯演出”了，难在观众心中留下深刻印象。

为什么如此？或许跟时代精神有关吧，大女孩在离场时耸肩道：“在你那年代（说时语气仿佛视我为石器时代的远古人类！），强调的是竞争出头，不是你死便是我亡；而在我这年代，注重的是个人的心灵舒适和共荣共存，什么都要分享，竞争不是一桩好事。”大女孩竟也变成“影评人”了，在不知不觉间。

灯光转亮，离场回家，大女孩瞄一眼四周的稀疏观众，忽然说：“You know what？（你知道吗？）你是这间戏院里最老的人。”我恨不得赶她自己搭巴士，不准坐我的车；二十九年前散场时，我可没想到有这一天的沦落。

看不完

说来连自己都觉得惊讶：其实，在观看3D版本的《泰坦尼克号》以前，过去十五年间，我从未把这戏看完。但我清楚记得看过这戏两回。一回是在一九九八年，在深圳买了质量很差的“非正常光碟”，坐在家里，利用那部当时价值三万元的投影机观看，把客厅的一道白墙当作银幕，把窗帘全部拉上，影像从沙发背后射出，光影暗淡，像素低劣，效果不佳，看了二十分钟，眼睛痛了，头晕了，干脆放弃。

另一回是在二〇〇四年左右，又是在家看光碟，但这回用电视机观赏，光碟质量也好，跟小女孩和她母亲坐在沙发上，一家三口，看得入神。可是突然发生了一些事情，迫使我们停止看戏，陷入手忙脚乱的局面……发生了啥事？

我忘了，只记得是不太愉快的事情，正因不快，所以压抑。过去十五年间我完全没有想起此事，亦全无冲动或意愿把DVD看完，很明显我对这戏充满焦虑情绪，潜意识发生自卫作用，刻意将之遗忘。

直到3D版本现身了，已经不再是小女孩的大女孩嚷着去看。她母亲怀旧地忆述：“想当年呀，真恐怖，和你在家看《泰坦尼克号》，看到一半，你突然呼吸不畅顺，脸色发白，把我们吓死了。立即送你去医院，原来是哮喘发作，那是我们第一次知道你有哮喘毛病，必须长期照顾，坐在医院里，我们非常难过。”

我恍然大悟，哦，原来如此，原来我曾于看此戏时遭受惊吓，怪不得对它暗有抗拒。

幸而雨过天晴，一家三口又去看戏。看了新版本，一如所料，立体感非常不足，如同许多所谓3D电影，整出戏最立体的部分只是那突出于眼前的中文翻译字幕，其余皆近于平面，没有太大震撼。但一部拍成于十五年前的电影如今重看，无论是镜头、剪接、灯光、声效，竟仍完全不会让人觉得过时，实属难得，充分展现了詹姆斯·卡梅隆的强大功力。而这回，我总算把戏看完了，只不过中途始终发生了小小的悲剧——我跑到电影院外接了一通电话。离场两分钟，重回戏院，大女孩和她母亲不怀好意地望着我笑，原来那两分钟正好包含了女主角的镜头，莱昂纳多（男主角扮演者）为她画画，玉体横陈，欲满流窜，统统被我错过。

我的天，可恶的《泰坦尼克号》，八字不合，跟我无缘。这戏我已看了三回，三回皆不顺心，看来有必要再看一次。第四回，总可以完完整整把它看个清清楚楚了吧？

我爱的女子“谋杀”了鲁迅

十八岁那年买了第一尊鲁迅塑像。

陶土烧成的，有颜色的，矮矮的，周树人先生身穿灰色长袍，坐于椅上，右腿压着左腿，两只手肘搁在椅子的扶把上，小平头，小胡子，小眼睛，冷峻严肃地眺望远方。

令我印象最深刻的是，他右手食指与中指之间夹着香烟，于是我便有游戏可玩了。趁家人不在，我偷偷抽外婆或外公的香烟，但总不忘先向鲁迅“敬烟”，并说一句：“鲁迅，抽根烟吧，现在有空，我们好好聊聊。”

我的第二尊鲁迅塑像，跟第一尊一模一样，同一款，由我父亲所买，送给我，因为我把第一尊送给了李敖。其后我到台北升读大学，把塑像带在身边，不管住在大学宿舍抑或其他地方，我在，鲁迅就在，不离不弃，莫失莫忘。

大学毕业后，我有两年时间在东南亚游荡采访，拉远了跟鲁迅的距离，偶尔返台，望一眼书桌上的周先生，似是见到老朋友。但有一回，从缅甸回到台北，发现桌上空空的，鲁迅失踪了，人间蒸发，事有可疑。最后同居女友红着脸，点头答道：“对不起，我不是故意的！我打扫书桌，不小心把塑像推到地上，啪一声，鲁迅的头裂开了，椅子也崩裂了。真的对不起，别生气，人家是好心做坏事，早知道就让你的书桌铺满灰尘，结上蛛网，我也不管！”

我后来又买回了一尊塑像，并把塑像带到美国念博士班，放在家里，同样放在书桌上，也同样被我深爱的女子推到地上摔破了——这回是我的女儿。当时一岁多，我把她抱到书桌前玩电脑，她亢奋了，小手一挥，周先生连人带椅跌到地上，应声而碎。可怜。是老天注定吧，我爱的两个人都跟鲁迅作对，她们都是“谋杀”鲁迅的人，或因，潜意识里吃醋妒忌。

我到今天仍在家里摆着一尊鲁迅塑像，但那是一尊站着的，上半身是木雕，下半身是石膏，二合一，由头到脚涂着赭红色，颇有几分后现代摩登味道。

好消息是，没人再来骚扰他了。女儿早已离家放洋，女儿的妈妈——就是当年的同居女友——则几乎半步不进入我的书房，不会碰他，日常的打扫工作由菲佣代劳，受过专业训练，靠谱。

所以我又可以跟鲁迅日夜相对了，但我已经戒烟，唯有看他独抽。可是偶尔会忍不住劝他一句：“你也考虑戒烟吧，周先生，年纪大了。”

除了快乐，别无其他

曾经祝福小女孩拥有乐观性格。

小女孩变成大女孩，性格果然乐观，几乎有任何烦恼事情都转眼即忘，不当一回事。我当初的心愿，算是达成。

唯望乐观能够让她快乐。生命总是苦多乐少，所以更有必要学习自制快乐。

小女孩，大女孩，老女孩，都一样。

风前老泪满江湖

追看了几个星期的奥运会，在赛事与赛事之间读到其他新闻，恍恍惚惚，略有虚幻之感。中东的战火危机，俄乌的战事延续，各地的水灾、火灾与人祸，还有熟悉环境里的各式悲剧、工人的不幸身亡、车祸的血腥意外……如常地在发生中、进行中，在不休不止的哭喊中。观看体育比赛可以暂忘世界，然而，暂忘并不代表消失，当关掉屏幕，回归现实，人间依然全是混沌、混乱。

于是，奥运之屏几乎像哆啦A梦的“随意门”，跨踏进去，离开这里，可以体验一阵子的轻松。但问题是跨踏进去总有时限，总要回头，总要归来。在门的这一边，依然乌云密布，雷电交加，远方依然有战争，近处依然有凄凉，大门两边的强烈对比，真不知道是福荫抑或是反讽。

八月了，为期几近一个月的“哆啦A梦热潮”或会消退。过去几十天，我城各处皆可见到机器猫，无处不叮当，算是缤纷活动里的一个精彩高潮。有一个晚上，心血来潮，跟朋友到尖东海旁观赏拍照，到达时才发现原来需要预约，免费。只好站在远处，隔着一条条蓝色的尼龙围线眺望我的老友们，叮当、大雄、胖虎、静香……也千方百计找个好角度跟他们遥遥“合照”。拍出来的效果不错，仿佛他们也发现了我，也面对我的手机镜头展露熟络的笑容，跟我打了个热情的招呼。

朋友说，其实有黄牛票可买，五十元一人。只要按几下手机，付款后，对方即会传来二维码，给检查人员一扫即可入场。我觉得此事很不妥当，便拒绝了，我猜叮当和大雄等老熟人也不会赞成。

其后我仍然没有预约，倒另有机会亲近了叮当，而且是在一个有点不太协调的场地里：庙街。

榕树头，天后庙，广场上，竟然摆着个纸板叮当，旁边更有一道粉红色的随意门。平日这里晚上暗淡无光，如今却有微弱的街灯光线，映照着如斯童真的摆设，相衬于坐在四周的中老年人，气氛突兀得略带诡异。我蹲在叮当和随意门之间的空地上，拍了照，也装模作样地在门框旁边打卡，挥一挥手，仿佛马上会穿越到另一个时空。

到底是什么时空呢？会不会从门的另一边走出来，眼前看到的是四五十年前的榕树头，有人摆摊卖鸡脚和大肠，有人拉琴唱曲，有人表演魔术，有人讲故事，有人卖白榄……会不会遇见四五十年前的长辈，他们或蹲或坐地享受属于他们的夜缤纷？

走路回家时，我又想到，现下坐在纸板和随意门前的中老年们，也曾年轻过啊，他们当年可能亦是叮当迷，跟我一样曾在《儿童乐园》上追读叮当和大雄的历险传奇。眨眼几十年，这时候跟叮当一起坐在庙前，叮当望着他们，他们看着叮当，机器猫年轻依旧，而他们忆起往事，却已是：树下昔谈偷日月，风前老泪满江湖。

奥运文学节

无法熬夜追看奥运了，反倒热衷于追读运动员的相关新闻。采访、报道、花边，你一言我一语的网民点评，照片、文字、视频，勾勒出一张张的脸容和一个个身影，关乎胜败的反应，寻梦历程的悲喜，人与人之间的较量和支撑，集合起来，简直像一本短篇小说集，读得津津有味。

故事的主角当然不止于运动员，还有他们背后的教练和医护，家人和恋人，拥趸和观众，以及评判员和评述员，都在运动的前后左右扮演着角色，但并非配角，因为都是有血有肉有自身故事的人。只要是人，有感觉，有感受，都活过，便都是自己的主角。他们与运动员一起在不长不短的奥运期间，以不同的形式和身份，密集呈现在世人眼前，从阅读的比喻角度看，他们共构了一个精彩热闹的“奥运文学节”，都是“真人图书馆”里的书，以不一样的语言版本，或厚或薄地述说着传奇。

几天以来，其中一本最令我动容的“书”是曾之颖（曾志英）。先是见到她的脸容近摄，坚定的眼神，通常配着青春紧绷的皮肤，她却不。她有的是一张寻常无比的“中国大妈”圆脸，眼皮下垂，腮帮垮塌，是上了年纪的人了，跟在内地任何一个城市遇见的一位中年女性——如果尚未做过医美的话——没有太大差异。

然而照片里的她，短袖上衣加短裤，半屈着膝，半弯着腰，右手掌牢牢抓住乒乓球拍，双眼锐利如鹰，全神贯注盯着对手，似是猎食，却更像一场生死决斗。她是竹林里的灭绝师太，好不容易来到华山之巅，高手云集，半秒钟不可放松。但体育终究有异于比武，师父可能愈老愈辣，年龄却是运动员的天敌。以她的年龄而论，别说是运动员了，就算担任资深教练亦已该近退休，可是她偏不，她仍在打，可能是为了她现下所属的国，然而更关键的必然是为圆了自己的梦。乒乓梦，奥运梦，她和她父亲的梦。

曾之颖已经五十八岁，是叶问的同乡，佛山人。父亲亦是乒乓高手。她年少时受过严格的乒乓训练，做过专业球手，二十三岁到智利做指导，留下来，成为智利国民，一直做教练，五年前才重新上阵挂帅。老骥伏枥，志在奥运，终于来到巴黎现场，在全球转播里展现她的小白球热情。外媒报道了她，华文媒体也报道了她，但我读都非常不满足，像明明是一个很精彩的中篇小说被写成了极短篇，肯定错过了太多的细节。请多告诉我一些吧，我边读新闻边想。她这五年是如何披荆斩棘走上智利国家队之路？又如何用成绩让球队给予她的代表资格？新闻说，她九十二岁的父亲知道她能出赛后，从椅子上颤抖着站起来，说："去吧，去圆梦吧。"他可有落泪？她呢？

人的故事永远让人着迷。奥运结束，故事仍在，如同文学节之后，书本，都在。

读脸

观赏奥运之于我，最大的快乐在于有机会密集地“读脸”。

一张张脸庞在视频里、在直播里、在重温里、在新闻照片上、在网络贴图中，展现了最无保留的喜怒哀乐。不同的肤色、年岁、性别、高矮壮瘦，无论是胜是负，是成是败，只要认真地投入比赛，他们热爱的比赛，他们付出过时间和心力的体育，好不容易地来到奥运的平台上，情绪仿佛洪水累积到了必须尽情宣泄的关口，必须尽情喷发。那是最纯粹的“书写”，刻印在脸上，所以有最强大的感染力。

是的，有人表现得异常冷静，譬如说，五十一岁的土耳其枪手大叔。但刻意冷静亦是一种独特的情绪。他从容，如何在关键时刻安顿焦虑，亦是一场极精彩的表演。

观赏了几天赛事，每夜在关掉屏幕之后，眼前仿佛仍然闪动着好些脸容。日本滑板少女的纯真灿烂，中国乒乓选手的温暖笑意，意大利女拳手的愤怒呐喊，香港女剑侠的泪眼婆娑，失足跌倒的单杠运动员的沮丧，意外淘汰的羽毛球员的悲泣，乌克兰跳水选手的茫然……通通在愈来愈清晰的摄影镜头下留了记录，各式情绪像横飞乱舞的子弹在空中流窜，很容易把你射中，勾动你的共情。夜晚观赛，其实有损“精神健康”，难以入眠。

运动员以外，场边观众的脸亦有可观。摄影机经常把他们的反应拍入镜内，或摇旗喧叫，或手舞足蹈，或敲锣打鼓，脸上的悲喜表情跟随赛事进程变幻。比赛双方的拥趸许多时候混集而坐，左边或前两排是甲方，右边或后两排是乙方，这便构成最突出的对比效果：在同一个镜框里，当甲方狂喜便必是乙方黯然，当乙方尖叫便必轮到甲方沉默。黑与白，阴与阳，晴天和雨天，在此碰撞出最猛烈的冲击力量。高峰与低谷之别，在短短几秒里，在视觉上，呈现了什么是“悲欣交集”的共存。

诸张脸孔里，若真要选个“最”，最让我难忘的恐怕是踩在滑板上的日本少女。十四岁，登场时抿着嘴唇，七分腼腆，三分稚气，仿佛踏进教室考试，场边的老师和家长用严厉的眼睛盯住她，怀疑她，期待她，压力像隐形的千斤担子在空中即将降落到她的头上。开始了，她深吸一口气，略一皱眉，流露了跟年龄不符的成熟。但立刻把眉头松开，跳到滑板上面，屈膝伏前，两手横展，左腿一蹬地面，单薄的身躯便像小鸟般跟随滑板起飞，起起伏伏的障碍阶梯变成了天空，她毫无障碍地展翅飞翔，亦像在五线谱上跃动的音符。

比赛结束，少女站在原地享受澎湃的掌声，但不忘转脸观察四周的观众，似在找寻一路鼓励她逐梦的父亲，仿佛希望第一时间对他说：“我做到了，谢谢你。”

看赛如读脸，终究是人的表情，而人脸是最耐看的画。也就是艺术了。

胜负荣辱原一梦

这一届的奥运特别戏剧化，不知道是心理作用抑或凑巧，离奇情节此起彼落，就算是“正常”的赛事，亦十有七八战况激烈，拉锯到最后一分，或临门一脚得胜，或后来居上夺冠。有着影视情节式的刺激赛果，却都是真实的，没有运动员愿意在荣誉这件事情上作假。运动员的荣誉便是生命，不可儿戏。

那夜看完男子羽毛球双打赛，坐在电视机前，几乎喊破了嗓门，连平日对体育毫无兴趣的家人亦举起双手猛喊加油，更把两支织冷衫（毛衣）的木针互敲，咚咚咚地响个不休。邻居是北京来的学者，猜想他们一家三口在家中，亦必做着相同的事情。你捧你的队，我捧我的队，隔着墙壁，在一段时间内，一起度过了一个血脉偾张的难忘夜晚。

而感谢网络，我把计算机屏幕调校到直播台，见到台北某广场已有上万名市民亦在观看赛事，他们在那边喊加油，我在这里喊加油，仿佛并肩而坐也而战，令紧张气氛升高了几倍。邻居也许亦在做相同的事情，透过直播跟北京广场上的群众“一起”观战和替自己支持的队伍打气。在体育比赛里，各有所捧，无所谓该不该，这才是难得的自由气息。

翌日早上，我们若在走廊上碰见，如常点头说早安，谁也不恨谁，这才是文明该有的气度。

那夜看完羽毛球，洗过澡，本想读几页书然后睡觉，却发现还有一场女排，中国对塞尔维亚，已经打到第三局，前面是一胜一负，这局决定谁能晋级。于是又忍不住看下去。战况跟羽毛球同样激烈，甚至更激烈，结束前的分数拉锯戏剧般将比赛推上高潮，如果配上音乐，稍加剪辑一些球员脸容近摄，便是极精彩的电影片段，跟陈可辛的《夺冠》一样剧力万钧。我期待奥运之后有人把多场赛事混剪成一部短片，就算付费我也肯看。

上述赛事，中国女排最后以一分之微取胜，欣喜若狂。对手当然沮丧万分了，因为完场前犯了两次低级失误，中国队发球，她们却无人应接，眼睁睁地望着排球坠地；轮到她们发球，却又应声中网。如果这是足球，她们便赢了，可惜这是排球。另有一球，有争议，裁判讨论了两分钟之久，塞尔维亚教练眼神黯淡，显然自认胜算不大，中国队的女将更已经手牵手排成一列，准备庆祝得胜。岂料，判决结果是塞尔维亚取了一分，有机会继续作战，她们难免以为天赐洪福，上帝保佑。殊不知，上帝保佑的原来只是观众，让大家多看一球，多享受了一回紧张高潮，一来一回之后，最终胜利依然属于中国女排。

这时候已经是午夜一点多了，该关机睡觉了。来日方长，前头还有各项金牌赛事要追看，白天还有一堆工作在等待。四年一度的精神放肆，结束后，复归平常。虽知胜负荣辱原一梦，仍爱此梦太分明。

神枪大叔和他的女儿

土耳其的神枪大叔被全球热捧，翻出了旧照片，他十一年前赢过比赛金牌，同样是轻装上阵，“裸射”，打败了全场对手。

有所不同的是，当时的他，头发尚未花白，身材亦稍为瘦削，没有小肚腩，但没有小肚腩并不表示更有型。眼神太严肃了，简直近于凶狠。如果大家开玩笑说今天的他像杀手，那时候的他更有“杀手气质”，仿佛手上染满鲜血，有点不可亲近。而过了十一年，发色变成白中带灰，彻底的熟年味道；挺住个小肚腩，一手插裤袋，像是见过了所有世面。当他举起枪，为的必然不是杀人而只是自卫，或者是，保护他深爱的女儿和猫狗。

更重要的是，今天的土耳其神枪手，眼神温柔多了，不知道是否因为过去这些年，他当了父亲，父女亲情把他柔化了。眼里含着浓重的爱意，仿佛无论在做着什么，最希望的是赶快完成，打道回府，整装归家，坐在沙发上跟女儿一起吃烤饼和看电视。

应该如何形容他的射击神态呢？

也许只四个字已经足够：举重若轻。

其他人上场，又眼镜又耳罩又制服，像是飞虎队员出勤，既不希望别人看见他，却也担心别人看不见他。这位大叔却是似已臻化境的武林高手，出山了，简单几招已让全球大开眼界。他取得的是银牌，锋芒却似掩盖了金牌得主，世人皆替他感到高兴，唯独金牌得主的心理感受非常不是滋味，葡萄味浓，酸到十里外也可闻到。只因世人难免想象，如果大叔也用眼镜之类的仪器协助比赛，是否肯定能够赢得金牌？说不定连金牌得主亦会想及这个问题，由是怀疑自己挂在胸前的奖牌是否有足够的斤两。

这样的大叔，技惊四座，像是一位深藏不露的画家，其他人花了一整天始完成一幅像样的作品，他却只似无事路过一般，耸一下肩，无可无不可地摊开一张纸，执起一支笔，蘸一下颜料，挥耍几下即画出叫人拍案叫绝的丹青妙品。山是山，水是水，而在山水之间，别有一番意在笔外的哲思。如斯境界，非常戏剧化，出自有诺贝尔文学奖得主帕慕克这样的艺术国度，特别切合文化氛围。

帕慕克说过，土耳其语里有“呼愁”一词，对于昔日的奥斯曼帝国荣誉既爱又恨，所以眼神常怀哀伤，似有千斤重。神枪大叔似乎也有这神态。得奖后，被记者访问，看得出来是高兴的，却又像被什么拉住了心情，无法百分百拥抱欢乐。幸而当他站在女儿身边，女儿开心地笑了，他的快乐程度显然立即膨胀了百分百，裂齿而笑，眼睛里有了光芒。这就更令全球拥趸喜欢了。温柔的“杀手”是最有魅力的“杀手”，尤其是“杀手爸爸”，更易勾起大家关于《这个杀手不太冷》的观赏回忆。

奥运结束了，故事的回忆却可以很漫长，神枪大叔是其一。

最受欢迎的“中国大妈”

倪夏莲应是香港近年来罕见而受欢迎的“中国大妈”吧？

Ops（口语，表示惊讶、尴尬等的口头禅），严格些说，她只是“华裔大妈”，早已移居欧洲，跟五十八岁的曾之颖一样，定居外地，代表外国，也跟老外教练成立家庭、养儿育女。但她仍用华语接受采访，而且语态声调依然非常中国，香港观众听进耳里，非常熟悉，难免依旧把她归在“中国大妈”的认知类别内，可是她的斗志、她的喜气、她的温柔，又跟普遍常见的“中国大妈”略有差异。这就让人更加喜欢了。

看倪夏莲的球赛和访谈，都是开心的、愉悦的。以六十一岁之龄在奥运现身，之于她，已是一面“精神金牌”，难怪她打得毫无压力，比赛时脸容认真却又常现欢颜。赛前更担任对方的“陪练员”，换了在其他国度，很可能会被斥为大逆不道的背叛者。观看她打球，看着看着，仿佛看的并非比赛而是在许许多多学校的运动场馆里，见到家长陪伴子女甚至孙儿练球；名曰赛事，气氛与其说是热血激烈，毋宁更是洋溢着长辈对儿孙辈的隔代情怀。这里面，有温暖。

倪夏莲显然远非孙颖莎的对手。在体育擂台上，如同在比武擂台上，“拳怕少壮”，这边厢，年轻的女子轻盈跳脱，在乒乓球桌前像小白兔般潇洒灵动，球拍快如闪电，力度强猛；那边厢，老将虽然经验丰富也球技超凡，反应速度却似被身躯的厚度拖住了脚步，常有失误，一直处于挨打状态。可是她不生气。她反而笑了，开心地笑，竟然还摆了个转身的童真姿势，仿佛因为对手的得分而高兴，她替对手感到开心，因而现场观众也都开心，坐在电视机面前观赏直播的你我也都开心。真是一场充满“爱心能量”的乒乓球比赛，不知道是不是奥运史上的仅有一回？

返回场边的倪夏莲，当然更展现了另一种“温馨能量”。教练丈夫递上一瓶可乐，她眯起眼睛喝着；教练丈夫捧起她的脸蛋亲她的嘴，她眯起眼睛享受。大家听不到他对她说了什么，却不妨碍揣测，猜想他说“宝贝，你是最好的，我爱你”之类。那一刻，场馆内的几万人都消失了，天地洪荒，只剩他眼中的她，她眼中的他，有电流在他们的眼睛之间高速闪跃。

倪大姐在赛后接受访问，依旧眉开眼笑，额上、脸上挂着上海人的惯有喜气。她自言一方面圆了高龄奥运之梦，另一方面倒提醒所有人，年龄只是一个数字，不管什么岁数，无论年纪多大，都要怀抱梦想。简直像周星驰式的“咸鱼和人之别”的励志金句。这由一般人说来，我们会打呵欠，但她身体力行，做了最精彩的示范，便甚有力量。

稍感意外的是，她的牙齿略显残缺，亦欠洁白，跟欧洲人对口腔健康的注重标准似有距离。但皮相“遗憾”影响不了她的地位，倪夏莲，这个名字将被我们记得好久好久。

张 家 瑜

醒来之后

重看自己的旧文章就像看旧照片一样，有一种恍如隔世的不确定感。说的那个人是我吗？照片里笑容灿烂、脸容光滑，抱着一个肥嘟嘟的小婴儿的新手母亲是我吗？在佛罗里达迪士尼的“这个世界真细小”游乐场坐了一次又一次的小船，小胖娃儿眼睛咕噜地看着那些可爱的、转来转去的、色彩缤纷的小木偶。“这是一个小世界……”游乐场里不断地唱着。她笑了，我也笑了，而她的父亲拍下那一张张照片。

于平凡的人，这个就叫永恒吧。不关乎灵魂，不尝试挖掘内在，不提出问题，当然也不思考未来到底会带领我们走向哪一种世界。相对于现在的我们，那个时候如许年轻，只有当下可以掌握。之后我们积存了无数的照片、卡式录像带里面她跟着电视上的芝麻街布偶们跳舞唱歌，纯净洁白如一场初雪，未有人迹，只存有我们父母小心翼翼的脚印。

又之后，她开始学习各式各样的技能，以便嵌入这个社会期待的角色，芭蕾舞、数学、游泳、画画……她的眼神渐渐黯淡。每天早上，她编着美丽整齐的长发，穿着白上衣、格子裙的校服、黑白相间的鞋子，一年又一年在那个铜锣湾上车下车……幽深的校园里有几棵大树，一个小教堂，整点固定会有钟声报时，庄严肃穆，和外头嘈杂纷扰的铜锣湾人间呼应着……这个世界会带领我们走向何处？最重要的是会带她走到何处？

这些如快转倒带的回忆，可能只是一杯咖啡的时间，中间插入好的记忆，所以你微笑；不好的记忆，所以你苦涩地喝一口咖啡。时间跟时间之间，就像诗的段落，短促无逗点，而她终究会长大成人，在地图上的某一点短暂停留再离开。她的长发变成短发，衣柜里没有裙子，手上长出一朵美丽的花，而素颜上的那双眼睛依然美丽，只不过里面可能有太多的心事或恐惧。即使作为母亲，我亦无从得知。生而为母，我很抱歉。

辛波丝卡的诗《小谈灵魂》说：

我们间歇性地拥有灵魂 / 没有人能永远 / 且不停地拥有它

日复一日 / 年复一年 / 少了它似乎也行

有时只有在童年的欢喜和恐惧中 / 它才会驻留久些 / 有时就在惊觉我们已老时

所以这本书在老时来看，真像是一则童话。一对年轻父母的轻快无忧的歌声，一个如世界上所有被祝福并单纯被爱的孩子中的幸运儿，于平凡的人，那叫作幸福。

她在十岁时的第一场芭蕾舞表演，一群穿着粉红色舞衣的小朋友，丝带绑出一个圆髻，黑压压地也看不出哪一个是她。音乐响起，我开始看到她了，在动作一致的舞者间，她仿佛不在那个群体之中，尝试着用僵硬的舞步去配合这个世界。我才稍稍有点明白，那暗隐的寓意，可以一直延伸到未来，如波面的水花，易变且易失。

再之后？就是醒来的事情了，像时间给我们的礼物，那一层层包装纸总是像镜子一样反映我的老去和灵魂，像智慧的辛波丝卡，轻轻地敲着我的脑袋。现在，我不叩问、不祈求所有有关她生命种种的波纹；现在，一个老母亲，默默在一旁，她来，我接受，她走，我学着放下。

如得其情，像诗人说的：

我梦见我徒劳的努力
我梦见寂静
因为铃声停了
我梦见我睡着
又再度醒来

——《瞬间》

睡与醒，现在和过去，我和他们称之为我的女儿的她。就是这么一回事吧。

我知母恩难报，母女缘分，只有今生。若真的有来世，你不是我女儿，我也不是你母亲。所有的记忆，都在今世之内，深入淡出。只要我没有得老人失智，有生之年，你应该占据我人生记忆重要之一大部分；如果得了失智，那就对不起，我先放下走人，烦劳你一人继续扛背我们的记忆。

第一章　我们都在路上

我愿为你……

亲爱的 W：

上个星期，我们两人，早早吃了晚餐，赶到星汇轩去看国际电影节的电影。是一个英国新导演许泰丰的《轻轻摇晃》。有我喜欢的郑佩佩和你喜欢的本・卫肖（Ben Wishaw），意外的是，郑佩佩也来参加影后座谈。当然，你不会认识这个美丽的演员，那曾是我在你这年龄时，对着那《南国电影》《银河画报》，对着邵氏片厂、狄龙、姜大卫、井莉、李菁、汪玲和郑佩佩等人，隔着一个海峡，遥想一片星河的少女梦幻者之偶像。

所以，我开心地在你耳边念叨着她的事迹，她的《大醉侠》《金燕子》，那英姿真迷死人，现在又老得好优雅。哇啦啦的。作为同行者，相差一个世代，并看着外国电影和文学长大的你，维持着应有的礼貌，似也认真地听着我亢奋的如粉丝般的介绍。

那是，我们目前最好的时光。

我们这种文青关系，自你上大学后，和谐美好地维持了几年。之前，我只是提心吊胆的一个母亲而已，你的身体、你的学业、你的友情，都和香港这地方格格不入。我看着你那委顿的面孔，和这世界打着一场辛苦的仗，圆圆晶亮的眼睛常挂着一对黑眼圈。那眼神，怀疑，无神采，每日上学都不开心。而我无法摆脱母亲的身份，最频繁的冲突就是：为什么你不能像其他孩子一样，乖乖地读书做功课，为了考试与升学做妥协？

那作为母亲的期望，与遵从世俗价值的我，对峙着作为女儿自主与背离主流的你，不能和解，如那流动在许多母女电影主题中的种种不谅解、不同意、不能亲密，暗暗啃噬着我们的爱。

那精致的脸庞永远有愤愤不平之意，那随手书写的笔记老是有股怒火，十几岁女孩的青春，耗掷在一张张的考卷之上。我见着，都心生悲意。

后来，我认输了。我们决定送你去澳大利亚墨尔本读书，换个环境。两年下来，终于，那个女孩慢慢回来了。轻轻地倚在我身边，你 IB 大考时，我过去陪你半个月，分租一间房，我每天买菜煮饭，你穿着浅灰的制服出门后，我走几十分钟的路程，经过这个郊区的火车站，穿过天桥。南半球的八月已如晚秋，一旁是安静无人的住宅透墙而出的扶桑、小绿树，另一旁是高大的榉树，荫荫如伞。太阳很大，我的影子鲜明地跟着我的步调前进，我听着洛史都华《在佐治亚的雨夜》和史汀的歌，我听罗大佑、陈奕迅，我在想今天要给你吃面还是吃饭，牛排还是咖喱鸡。我跟着我的影子在这天晓得我还会不会踏足的小小社区漫步，静寂之夏，拉长的时间悄悄地叩问着：你，在担心什么？

在这如天堂的小社区，我不能享受如斯惬意美好的景观，我惶惶地走着，记挂祈求的是拜托你这次可要考好，用心一点，可你在晚上温书的模样并没给我太大的信心。我老怀疑你面前的计算机里不是学校的功课，而是朋友们来来去去的讯息和你的网站。

这可和你幼年时还是年轻母亲的我，心情完全不同，那时你一岁半，我开车到 Barnes & Noble（巴诺书店），我们在童书部门翻着美丽的绘本，你随手拿起一本书叫我念。然后到附近的小咖啡厅喝难喝的美式咖啡、吃好吃的香蕉蛋糕，你一口我一口，两母女的午后时光，西斜的阳光照着皑皑白雪，如此打发了一个又一个异乡日子。

似水流年，快乐的时光过得飞快，不怎么快乐的时光过得缓慢极了。世界没给我任何保证，也没责任给我承诺，我和你的关系，是我们俩的事，无涉他人。

终于，在你拿到大学入学许可之后，放了大半的心，卸了一半重量，可以轻松地和你谈书、看电影、旅行，找好吃的餐馆，逛街看展览。我们重新拾起生活，嘻哈地互损互捧，轻快地过日子。

你成为我的小闺密。

我也希望你可以有更多时间和同龄的男女孩子在一起，会告诉我对不起没有空。我乐意被拒绝，我也乐意被邀请。

记得在你外婆生病那段日子，身心俱疲。我常往来于港台两地，一出桃园国际机场，再赶松山国际机场，直飞花莲。有一夜，睡在医院的担架床陪你外婆，我睡得太熟，外婆想起身上厕所，叫不醒我，病身之她，可能觉得这女儿太不警觉，不自觉地摇了摇头。我到现在都时时记起这景象，深深地懊恼。半夜起身扶母亲托着葡萄糖液架走向洗手间，等在门外那一刻我突然悲从中来，黑暗之中，我极害怕失去她，但她的痛楚，我又不忍。我听到冲厕之声，开门，迎她。那夜，久不能眠，只觉生苦、病苦、爱别离苦。

最后，我想跟你说个故事。有一日，释迦牟尼佛带着大比丘众南行，看到路边有一堆白骨。如来向着枯骨，五体投地，恭敬礼拜。弟子阿难问于如来："为何礼拜？"如来说："白骨之中，可能有我前世的父母。""而白骨一堆，我们又怎么区别男人女人？"如来说："男骨色白且重，而女骨色黑且轻，何以故？因善女人每生一孩，赖乳养命，乳由血变，每孩饮母甚多白乳，所以憔悴，骨现黑色，其量亦轻。"佛如是说。而且世间女人，短于智力，易溺于情，生男育女，认为天职。

阿难闻此言，涕泪难言，痛割于心。(《父母恩重难报经》)

我知母恩难报，母女缘分，只有今生。若真的有来世，你不是我女儿，我也不是你母亲。而世人，尤其是女身，最多也只能汲取上两代下两代之儿女情分。

所有的记忆，都在今世之内，深入淡出。只要我没有得老人失智，有生之年，你应该占据我人生记忆重要之一大部分；如果得了失智，那就对不起，我先放下走人，烦劳你一人继续扛背我们的记忆。

我们俩的回忆，如朝生暮死之蜉蝣，如朝花夕拾之落英。故，得意须尽欢，继续看戏、买书、逛街，吃你爱吃的谭仔酸辣米线，外加饭后一杯绿茶冰激凌。那就，感觉良好。

阿猫

在香港旺角旁边，何文田区有一条街叫胜利道。短短一程路，除了食肆餐厅，就是一间间的猫铺狗铺。宠物食品、美容、医院……我们有时到那里吃饭，经过宠物店，总是隔着玻璃，逗着那些小狗小猫们玩，都是毛发美丽、模样可人的童星。如果你停留久一点，它们或许会把眼珠子转向你，那大而清澈、一脸无辜的眼神，让你的心软了一下，它们在小而局促的笼子里，那么小的空间，与三五只毛小孩挤压碰撞。它们或不如我们想的那么自在幸福，但它们还是活泼好动的，对玻璃外面的世界充满好奇。

那是几年前的事，每经过一次，女儿总央求想养一只猫。

一年前，经不住女儿的痴缠，终于决定养猫。之前我们就决定若要养宠物，一定是领养而非到宠物店买。她开始找香港的爱护动物协会、香港群猫会、动物朋友慈善机构……网站上的猫儿各色各样，这只白色有小花纹的楚楚可怜，那只黑色有着晶莹绿眼珠的高冷骄傲，还有才出生几个月的活泼可爱。好想把它们都带回家，女儿说。

终于约定一天到天后的领养中心去看猫。一进门，小小的房子，几间房间都放置着大小笼子，猫咪们有的在外，有的在内，主事人叫我们慢慢看，也和中意的玩玩。我们事先已看中几只，依图寻找，有的不理不睬，有的又过度活跃，像我们家这种安静怕吵的风格，最好家猫也是沉静一点的好。

我是从来不曾想过养猫的那种人，家里自小就养狗，和狗亲近，狗儿大大咧咧，一进门就扑过来，不用担心它会生气，不理人就躲起来。家中黄狗守护着我家几个小孩，直到老死。后来妹妹又养了一只白色的玛尔济斯，是宠物狗，刚好在父亲过世后带回家，母亲一边嫌弃一边照料，把哀伤的心情分散许多。有时开车带着这只叫可乐的狗，看着妹妹耐着性子安慰抓狂的狗儿，帮它擦尿捡屎，我心里想，我这辈子都不会养宠物的。不只是因为我自私，怕那天长地久的承诺、至死不渝的誓言；也是因为我胆子小，我连人都不知道怎么应付，猫狗一动一跳我都会被吓到。

况且，猫与主人的故事并不是永远都是幸福而甜美的。在多丽丝·莱辛的一篇短篇小说《老妇与猫》里，那吉卜赛人似的老太太和她养的那只灰色花纹公猫，和在那香港报纸的社会新闻常看见的那些公屋独居老人一样，他们的命运像一面镜子，他俩对照着也如磁石般影响着彼此。老妇病了，猫在外面捕了鸽子，猫伸出爪子触着她的脸，把鸽子往她那边推。而老太太说：“蒂贝，老伙计，那么，你是为我弄来的鸽子是吗？那么你吃了吧，吃了吧，我不饿。谢谢你，蒂贝。”

相濡以沫可以是最美好也可能是最残酷的感情。尤其是对一只猫或狗，作为一个饲养者，我们似可以为所欲为，因为一关起门来，谁也看不到真实的内在，像是父母亲，也像是可决定它未来生死的主人。我不想当个被依附的人，最好也不依附人。但养了猫，如在殿堂上宣誓："此猫之后由我负责，不论是好是坏，是疾病是健康，我要爱护你，尊重你，直到死亡将我们分开。"

那么沉重的誓言，对一只猫说？它可能摇摇尾巴，不同意。

它会如古老的智者说："你看看我的眼珠，我白天和晚上的颜色和形状都不同；你看看天空的云，它有时深有时浅，它变幻无常。我相信你，但别承诺。"

我们在充满猫味的房子里流连，试着和每只猫互动。"这只叫厨师，以前是在餐厅看门的，结业后被送到这里。它很温顺的。"黑白相间，肥肥胖胖的大脸贴着女儿的脸，"很受欢迎哟，这只猫。"有另一对领养者进门，它又跳到他们身边去了。

女儿盯着一只她之前在网上看到的咖啡色花纹猫，纯色的猫总是比较受欢迎，全白或全黑，最容易吸人眼球。这里的猫有许多只，毛色亦美，这只算是最普通的。它胆怯地躲在最里头的铁笼里："它一个月前在街头被捡回来，四岁左右，我们带它看了医生绝育，拔牙，是只小丑女。"那里的义工解释。女儿正试着抚摸它，它的耳朵右边被剪掉一小块。那是个标志，一辈子都昭告天下它曾经是一只流浪街头的猫，在四年的时间里，它都要面对突如其来的攻击、饥饿、冷雨……而且这是一个人口如此密集的城市，它随时会被发现，不管它躲在车底、花丛里、屋顶上或后门小巷阴暗的角落，它都得学习躲避恶意的人们，学习自己找吃食，学习和同是流浪猫的伙伴们和平相处。

香港特区政府做了一个统计，香港人饲养猫有十六万七千六百只，狗则有二十四万七千五百只。原来养狗的家庭多过养猫的。在这千灯万户的七百多万人口的稠密都市里，我能够把哪只猫带回家，让它成为那近十七万只，我们假设都被宠爱着的猫儿们的其中一只？

真是自寻烦恼，问题还是我可不是领养人，领养人正开心地和那只猫儿玩呢。她转过头来问：“要哪一只？”突然有只小黄猫钻了出来，对着我们喵喵叫，像是要我们把它带回家。那只四岁的猫还是怯怯的，不准备讨好我们，也不想有个新家吗？女儿细声地对我说：“我在网上就是看它有点可怜，而且年纪大，若不收养它，可能没人会要它。”我回道：“那就它吧。”

世上有两种人：一种是有小孩的，一种是没小孩的。现在我的世界也划分了：一种是养猫的，一种是不养猫的。

有孩子的，养着宠物的那一圈子人，是无法轻装上路的，你面前永远有他们的影子，他们要被照顾才能生存，他们时时提醒你：你和这世界是有牵连的，那小小嫩滑的脸颊上的一颗泪珠会令你心疼；那毛茸茸的抚摸会让你心软，我养了孩子，我明白。

而动物，以前不懂的现在懂了。要谢谢我家猫 Kika。

上个月，在日本的尾道逛一条猫之细道，往千光寺公园上去，蜿蜒曲折的步道上有人造的猫爪印，小木牌上画着猫咪可爱的图样，各式各样的猫小店，全是以猫为主题的店铺。我们想着要给家里的猫买些什么呢？看过一部纪录片《伊斯坦布尔的猫》，在伊斯坦布尔那些猫儿真是自在，它们随时来去，不用被关在房子里，饿了回来找饭吃。汽笛呜呜叫，它在屋顶上静静地俯瞰着这个帕慕克所深爱的城市。

我也希望我的猫可以那么无惧地走在街道上，钻入小巷里，再穿越一道墙，像一个会武功、飞檐走壁的女侠。

她终于到了我们家，我们帮她准备好所有的用品，小小的饮水盆、食物盆、猫粮、厕所、猫砂、芳香剂、一打鲔鱼（金枪鱼）罐头，还有什么未买的呢？慢慢再添吧，要怎样对她呢？慢慢再想吧。她会习惯的，正如我们也会习惯，爱其所择，这个时候，我就应该别想太多了。

有一年圣诞节欧洲最大的动物收容中心会暂停动物领养服务，他们说不想看到动物被放在圣诞树下当礼物，转头又被送回收容中心。因为宠物不是礼物，是生活伴侣。

世界上有两种人，有猫的和没猫的。你旁边有只懒洋洋的猫，夜里它悄悄爬上床，压着你的脚，暖暖地偎着。白天它还是在你旁边，眯着眼睛慢慢又进入一个好觉。这种感觉真不错。

但若你什么都不想要，也好，责任这种东西可能只是个幻象，叫你俯首甘为孺子牛。那是小王子的玫瑰，也是快乐王子那颗宝石，你视它为独一无二的存在，而它的存在其实对所有人都没有什么意义，只有你能体会，微笑，满足于这样的存在。

所以很多关乎一辈子的事都最好想清楚再说。而宠物，我们姑且如此称呼，比所有的关系更简单：你照顾它，它的眼中就只有你一个；你爱它，它总是围着你，因它知道你的爱。那独特性，只有在你轻轻呼唤它的名字的时候，它朝着你走来，你才明白。

急景流年都一瞬

去年，回台北过年，和妹妹两人到建国花市买些花应景。残年岁暮总有一种特别的氛围，似热闹但又冷凄。你知道这一年即将关闸，是应该遗憾又一年空虚行进？或是庆幸又一年平安无事？

我们经过面摊、包子摊，冬日之下，流溢出来白色的暖气，轰隆地吹向枝叶萧瑟的街道。寒风灌进脖子里，觉得冷，但又因为那白乎乎的暖气而心里有了暖意，不觉向这即将告别的一年，生起依依眷恋之感。

年节就是这样，来去之时，因日历上的流逝而挂念着。旧时家里总有一大本厚厚的日历，镇公所送的，每日一张，父亲早起，他负责撕，直至最后一张。由厚到薄，时间于他，是这样流失的。

我以为，那些所有对新年致意的忙碌热闹的采购，除旧迎新，其实都是一种自我激励，以习俗惯例来抵制飞速岁月，令之暂停，召唤提醒：又一年了，如鱼少水，逝者不还。故那些兴冲冲地买新衣，拜年，玩鞭炮、仙女棒，数红包的玩意儿，皆是成年人对孩童们的怜悯爱惜之意。小孩可不知什么年关难过。大人们脸上挂着笑容，当然并不真的以为，最后一张日历撕去，新生活就在眼前啊。那只是对下一代的纵容罢了。得意须尽欢，孩子们过年，大人们过年，也就是这一点意思而已。

在台湾，要买些年花，要贴上春联，要准备红包，应时应节。父亲在世时，我由异乡返家，都是他骑着摩托车到车站等，噗噗的载着一袋行李回家。除夕前两天，母亲已开始向相熟的市场肉档、菜档订货。我喜欢过年前和母亲去市场，她老是放任我想买什么就买，发糕、糖饼、甜不辣。她本来就大方，因为过年，这时更放任，买完手提一袋两袋到旁边的小摊吃她最爱的虱目鱼汤。

那时，母亲爱赌，她都出去玩，不在家，家里因为父亲在，小孩从不聚众赌钱。过年我们到干妈家拿红包拜年，她家三层楼，底层的厨房过年时永远有饭菜在桌上，没了再煮，盖上绿色的防蝇网罩，二十四小时。因为三楼上永远有赌局，来来去去的人，嚼槟榔的，抽烟的，浓妆的阿姨，文身的男人，我们也不怕，同年纪的聚在二楼，叫年纪小点的妹妹去巷口买盐酥鸡。我们玩二十一点或押大小，把收来的红包放在桌上，玩得面红耳赤。那时候的烦恼，就是几十一百的烦恼。而过年的快乐，也不过是那红包内一张两张的新钞的快乐，很实际，不缥缈。

之后，父母皆不在，换了妹妹当家，她俨然成了母亲的化身，在她熟悉的士东市场和相熟的菜、鱼、肉、水果摊，先打电话订好。到除夕那日，我们过去，她和摊子的主人问好，谈怎么做白菜卤，谈得兴起老板索性多放一些肉骨头让她回家熬汤。到市场买的年菜皆大同小异，只有鸡，一定要由老家花莲请好友寄快递过来，纯土鸡，她说："吃起来就是不一样。"

而只剩兄弟姐妹的年，也多了一个必要的活动，要到金山的佛寺去看看父母。每年初二，两辆车往山上去，常碰到风雨或大雾，回旋又回旋，吃了的早餐几乎想吐出来。终于到了，人很多，都是把先人骨灰放在佛塔的后代，例行带着水果，到里头供奉，再一群人进塔。每年都来，很熟啦，找到父母的牌位，摸摸，说几句心里话："明年再来看你们哦。新年快乐，要保护你的子孙哦。"就出来。然后拿个庙里供给的素便当、炸甜粿、冬柑，好似郊游一样，坐着就吃。众佛塑像就慈祥地看着我们，凡夫的新年，亦不过吃饭有时，哭有时笑有时，哀恸有时跳舞有时，寻找有时失落有时，我们坠落在时光之网，故过年有时。

你说，多么平淡呢，可过了那么多的年，能在这里和亲人聚在一起，还可以和父母说说话，不是顶幸福的吗？凡夫的幸福。

那是身为一个台湾女儿的新年。至于身为一个媳妇的新年在香港，没有鞭炮声，不同的贺年歌，但中国人的年，赌局继续，吃饭最大。

香港过的第一个农历年，刚回归，送走了总督，迎来特首。那一年，一九九七过渡到一九九八。还不觉得有太大的变化，我这新成员，看到的香港新鲜热辣、生机勃勃，并且是身为一个媳妇参与的香港新年，像一个陌生的来客，我什么都不需做，也不懂得怎样做。新年那天，我们到父母家拜年，有水仙、兰花和喜洋洋的挥春，热闹的先来一场麻将暖身，再有各式的赌局，像牌九、骰子、鱼虾蟹……每到一场胜负关键时，大伙吆喝，音调高昂，香港亲友纵情在各式赌局中，一年又一年。爷爷奶奶由精壮而老年，由老人家亲自下厨炮制老火汤、柚皮、海鲜，到近几年全在酒楼庆新年。

有心的台湾朋友张大春，年年都寄来一副春联。“梅花耐冷早占春，君子忧时多惜福”，拿下旧的，贴上来年的，就是，又一年啦。

在花墟，那摩肩接踵的人潮，买花回去过年，大株的金橘、富贵竹，大把的银柳、蝴蝶兰，还有各式的吉祥挂饰。那专注挑选的人们，皆是真心想把一个年过好。铺头的老板娘一边帮我挑水仙，一边说：“要挑刚好在新年期间开的，才有好意头。”花开有时。

晏殊的《蝶恋花》：“急景流年都一瞬。往事前欢，未免萦方寸。”台湾、香港，牵系的都是亲人友朋，愿望都是人长久，而台港平安。没有不同。

都是时间的逗点。未到句点之时，在新年，都需期盼着绿色的春天，如期待一株水仙全然开放。

我们都在路上

五月初夏，在日本四国的高松机场的租车公司旁，里头小小的办公室有人正在办租车手续，这个有着庭园，远方有几畦田的四国，像是一个乡下地方，非常安静。没有游客喧哗，甚至没有本地人来往，只有一片的绿意。我记得几年前到京都过年，除夕那晚到神社去跨年，经过鸭川的四条通，祇园入口挤满人潮，好像全世界的游客都来到这里了，热闹非常。原来，只要远离东京、大阪、京都，日本有些地方还是静谧宜人的。

以前，到国外旅行，一心想要找不同的东西，是猎奇的心态，看巴黎铁塔，看爱丁堡的古城墙，看悉尼那个歌剧院和渔人码头。还有最开始旅行时，到曼谷的帕蓬夜市，那一个个小集市里冒牌的欧洲名牌 T 恤、鞋袜，那便宜的路边摊，那一片各式吃食、各种味道，多彩而闷热如这亚热带国家给你的一种心情。那时我兴奋极了，因为眼睛吸收着不同的讯息，让我喘不过气来。那时年轻，喜欢热闹繁华，愈多人、愈嘈杂的地方才愈是旅行的目的地。

但原来，只要你被时间偷去了你的青春，你会发现，你的旅行口味居然变得太多，半夜不会还想着去酒吧喝一杯，到红灯区见识那埋没在白天的异景奇人。你在旅馆的房间，看着当地搞笑的综艺节目，夸张得很；或是一本书、一杯茶，怎么好像和在家里没两样?

你失去了某种旅行的乐趣，不再大惊小怪；但你也获得一些，像一个巷弄的小咖啡馆的咖啡，一家小面店不浓不淡的汤底，或那小公园的独坐，有微微的风吹过你的后颈，樱花落一地，旁边的小河送走落花。你想起陈奕迅的歌：“流水很清楚，惜花这个责任，真的身份不过送运。这趟旅行若算开心，亦是无负这一生。水点，蒸发变做白云；花瓣，飘落下游生根。淡淡交会过，各不留下印。”我的旅行生涯至此，竟也是希望不太喧哗，和所有的地方的相遇，都冀求淡淡交会。

虽然在路上永远有一些遗憾的事发生：女儿在布拉格的查理大桥上丢失了一个黄毛的小布偶；家人在机场过关因为水晶球里的水，把那个带有雪花的伦敦眼摩天轮的水晶球遗下了；我们在那有樱花盛开的小木桥争吵，我生气地往回走，眼泪掉了下来; 在芝加哥的唐人街中国餐馆等人，一直等不到，可能他再也不会出现了吧……所有在异国的，那一幕幕生气的、悲哀的场景，都只留在脑海里，手机留下的照片，都是美丽静好的图像，像要虚构一个完美的旅行。

所以旅行对我而言，都不在当下。当下要面对陌生的环境，要解决突如其来的问题，要交涉，要想下一段旅程，要和身边的人吵着往东或往西。只有离久一点，离远一点，不管是时间或空间，那路上的种种，快乐的、不快乐的，才被收拢成一个旅行回忆箱。那回忆，就像人生一样，我们无法拒绝，不能改写。已定格的东西有个好处，它被安置妥当。就像这本书里书写的，快乐忧伤都过去，只留下图像和文字。

在路上，推着一件行李，口袋放着护照，这样的影像好似我们放逐现实，流浪异乡。那想象中的浪漫，让我们要一直一直，在路上。

溜冰场上的小孩

现居附近的商场有一个溜冰场，每次到电影院看戏都会经过。放假了，暑热时最好的运动不是游泳就是溜冰。不算大的场子里，最多的是孩子们，男孩女孩们，有的颤颤巍巍的，一步一惊心，不小心，砰的一声就跌个四脚朝天。

马上外围就会有个年轻的妈妈冲出来，隔着栏杆，紧张地问："怎么？有没有事？"倒是小孩儿拍拍屁股，没事人一样，又滑了出去。

场上的小孩，也有高手级的，穿着整套的溜冰衣，莱卡的小短裙，紧身的上衣，扎着发，白色的一看就知不是租来而是自家的溜冰鞋。优雅地双手合拢绕着圈子，旁边有个私人教练。音乐一起，她们好像一个个芭蕾舞者，自信熟练地舞出单旋、滑步和跳跃。小小的脸蛋上有浅浅的笑容，在夏天，像一朵盛放的小花，令人心境愉悦。

奥运会来了，我们又可以欣赏各式各样美妙的体操、水上芭蕾和跳水运动项目。这是源自古希腊在奥林匹亚举办的运动会，几千年前那些高鼻深目，有着美好体格的选手们，就已经表态，与其以战争的形式来确认一国的强大与否，那还不如用运动比赛来较量国与国之间人民的强弱。

他们以运动暂时中止战争。但讽刺的是自一八九六年的世界第一届奥运会开始，每四年一次的比赛，到如今还是因为战争而停了三次。和平终究还是没法说服杀戮。运动选手所颂扬的平等竞争的和平精神值得称道。虽然近年有许多的批评，但奥运会一开始，各类的粉丝们还是不顾一切地飞扑去买票。更疯狂一点的朋友，一早就订了机票，哪几场非看不可的，哪几场可看可不看的。运动迷不见得比明星迷理智。在场内拍手顿足的“肉紧”（紧张）表情，我见过，简直像是在观看世界终极一战的成败。

不过运动到底还是短线的狂飙，大起大落也就在比赛之间。平时，我们也是运动选手，祈望的是保持体态，求望的是肾上腺素，令自己持续感到亢奋。只要不涉及竞赛，大部分的运动都有益身心，任君自选。

溜冰场上的孩子，可能没有一个是世界级的选手，但没人在乎。那些坐在场边的父母，以极度温柔的目光追着那小小的身躯，在他们眼中，自己的小孩都是世界选手。这些伴着孩子长大的各式运动，会随着高压的功课、孩子的喜好，都不存在。不过在多年后，他们自会再出于各种原因而拾起运动，溜冰场会换上一批又一批的孩子。溜冰场上，其实另有一场“小奥运会”，但另有胜负标准，跟奖牌无关，而只是对自己的挑战与试探。

而不经意的过客，也会像我一样，看着看着，想到一些往事。

那么冷的假期，那么好的读书天

做学生时，我最期待暑假和寒假，长长的假期，有那么多的时间看书。那时没有太多钱看电影，没有网络，没有韩剧、美剧。生活非常贫乏与无聊。夏天还好，可以骑着单车到处晃悠，乡下风光好，树绿天蓝，一个下午就这样过去。但冬天冷着，春节期间，大人们都在忙着办年货，我们大把时间，不知怎么用。

但是，有书在手，就不一样。那时不知怎么就爱看书，是因为书里好像有一百种、一千种人生，在生活里出现。看着书，我就不是单调无趣的乡下女孩。

刚识字那几年还是小学生，我看的是《小人国游记》《金银岛》《孤女流浪记》《海蒂》和《清秀佳人》。那偏僻的小镇，有家小小的书店，那角落小小的柜子里，就有这些奇幻的、探险的、灾难的故事静静等着，像我这样的小读者每几天就去摸摸它们，有了压岁钱就把它们带回家。

到中学了，春节还是看着书，不然能做什么？我幻想着《飘》里的郝思嘉和白瑞德，郝思嘉噘着嘴想白瑞德亲吻一下，但白瑞德就是不吻下去。那样肤浅、美丽、做作的女人，可老狐狸白瑞德就是爱上了，怎么办呢？

金庸的一本本小说也是在长长的假期里看完的，为什么黄蓉那么讨人厌，而傻小子郭靖还是喜欢她？为什么小龙女冷酷无情，而杨过却对她一往情深？ 我在其中看到爱情的偏执和非理性。就像谁说的，我们先由小说里认识爱情，而不是由真实的爱情理解爱到底是怎么一回事。

琼瑶的、严沁的、白先勇的、奥斯丁的、七等生的爱情，那些女孩们对爱情的憧憬与期盼，好像一层面纱，我站在每本书里，薄雾般看不清到底什么是真正的爱。惊心动魄的？牺牲放纵的？或是默默忍耐？原来，小说，或是我读过的爱情小说，都将爱情放大，像一个庞大的怪兽，它会吞噬所有其他的理想与观念。幸而，我持续地读着，从而了解原来好的爱情小说，并不是对象与对象，而是我与他者；并不是两个人的事，而是和这世界的事。而最后，爱情所面对的，要达成和解的，归根究底其实是镜中的你，那个怪兽，是你自己。

当然，大量的由租书店借来的，不只是爱情小说，还有武侠小说、恐怖故事、侦探小说和现代台湾文学、翻译文学。那长得胖胖的、慈祥样儿的租书店老板，虽然我把零用钱给了他，他却把梦想和故事给了我。

还有大量的漫画书《王家的纹章》（《尼罗河女儿》）、《芭蕾舞英》……许多日本漫画把专业细节描绘得丝丝入扣，酿酒、做衣、木工……那些匠人们的专业工艺，在漫画中化繁为简，家族的故事，争权与夺利，男人与女人……漫画书一本一本地看，现在看来简直浪费生命，但多么快乐啊。在冷冷的春节里，在那平凡的年夜饭、红包、新衣之外，我一年年地阅读着，我的红包随着通胀，并没有增值。但是，我在鞭炮声后的静夜里，窝在被子里看进去的一个个字，却让我思考，让我理解。书里的世界，是孩子望进去的万花筒，奇妙地在每个作者的故事里变形，多元、多彩，进而理解现实的世界，亦非只有一种决定，不是只有一套方法，故事和人物都会因为选择而改变方向。

读书，令人谦虚，令人包容，并且永远做一个怀疑论者，不只对所有与我们对立的价值观，也对我们自己坚定的价值观。我成了一个不算太好，但喜欢看书的人。

所以，那么多天的假期，我已经准备好剩下几本还未看完的石黑一雄的书。去年我捧着吉田修一的《平成猿蟹合战图》，前年我追看毛姆先生的《寻欢作乐》，但我不再像年轻时有那么多的时间，那长长的书单，要用更多的时日才能解决。

过年，可以出去走走，见见朋友。但若你手边有一两本书，看书亦是好的选择。毕竟，今年那么冷，有书，就有另一个世界和你接轨。不是那种功利的接轨哦，只是，一些人，一些故事，一种梦境。

北回归线的诗意

住在台湾花莲的人，对北回归线这词不陌生。北回归线是太阳在北半球能直射到离赤道最远的位置。花莲就正位于北纬二十三点五度，每年夏至那天，太阳就直射在北回归线。我们每次回故乡，由花莲走 9 号省道下玉里，夏天是一片澄黄的菜花田，山上的则是金针花。而经过舞鹤的茶园，可以看到一个地标，那是北回归线碑。

活在这条线上，让太阳尽力照射到最远的这块土地，有没有什么不同？太阳公平地以不多也不少的热量，俯瞰着这山海之乡，若说有什么不同，那应是花莲孕育了几个诗人。

花莲的诗人，有杨牧、陈克华、陈黎、叶日松，有那如诗创作的民歌手杨弦，还有我私下认定的杨照。在这一大片太平洋海岸，亚热带绿林高山的地表上，因为大自然赋予的赠礼，我们有了一些诗人，这多么好。他们写的故乡特别美丽，而诗中所点名的那些地方一一如被魔幻的权杖唤醒，闪着黄金般的色彩。

陈黎在他的诗集中有《普通的乡愁》一诗，以台北车站开始，以平快列车的停靠站为脉络，如一个尽忠职守的列车长，每到一站，汽笛响，台北、松山、七堵、八堵、暖暖、四脚亭……经过双溪、贡寮、头城、礁溪，轰隆轰隆地到了宜兰、罗东；

沿途有椰子树、槟榔树、大叶面包树、牛群、稻田，最后过了南澳和平新城。到了新城时，我们就知道，花莲快到了。可以打电话给家人，叫他们来接我们了。

别误会，《普通的乡愁》这首诗，陈黎就是简简单单的，把火车时刻表上的站名照抄一遍。只有地名，没有其他。可是，当诗人把这每一个地名规规矩矩照抄一次时，他已重新命名每个地名，并寓以新的含义。我们在贡寮吃过海鲜，在暖暖看了电影，你可记得那部电影？候硐是干妈的老家，而猫儿在此快乐地活着。

诗人们一再地为家乡命名，仿佛生活多年的故居有着多么新鲜的活水源源不绝地流出，它洗涤诗人的乡愁，并因诗人的重新检视而有了新的面貌。

陈黎的诗，意义繁复，取材多样，但是若单挑他为故乡花莲所创作的，确如一瓣瓣莲花，那意陈之土地、历史、风情，如不尽不消的海浪拍打着海岸线：

以浪，以浪，以海，以嘿吼嗨，以厚厚亮亮的
厚海与黑潮，后花园后海洋的
白浪好浪，后浪，后山厚山厚土
厚望与远望，以远远的眺望
以呼吸，以笑，以浪，以笑浪
以喜极而泣的泪海，以海的海报
晴空特报，以浪……

——这是诗人眼中的花莲，而如果你到过花莲，站在海

边静听，这首诗就如精灵般歌咏着，这土地。

然而陈黎的诗集并非只为花莲颂歌。诗人赞颂着由北到南之岛屿土地，也比兴上海、北京，甚至远到法国，和莫奈打招呼，与日本紫式部谈谈话。只不过我偏心，只谈花莲。像里头那首《竹堑风》，竹堑，就是海边的意思。“他说他同意，他同意，只要你们记得竹堑是什么样的海蓝与风姿构成的旗舰／海边的风，从竹东吹到东竹又吹返玉里、凤林，在花莲港街和她的亲戚们打造一条笋干和菜脯香四溢的客家街。”

陈黎的乡愁，反复地以不同的地方志和家族记录和弦而高歌，或正如他小诗《家乡》的命名中那空着的标志，任何有乡愁之人，皆可代入，皆以己身吟唱。

斯人斯土地

——记池上秋收

关　山

花莲关山电光部落，作为阿美人和汉族人的后代，二十七岁张瀚，带着我们走到他那二分地的有机农田。十月底，台湾农地现多一年两耕，再过几天，就是秋收的时间。此时的稻穗饱满，黄澄如金，年轻人张瀚到台北念完大学，决定回自己乡下种田。

同乡里致力于友善耕作的宝妈，她眼见农田为了高收成，用农药，不深耕，许多田都因此变成毒田或废田，土壤不丰饶，怎会长出好稻米？她开始倡导有机耕耘。张瀚就是一个好的示范，他出了自己的品牌米，放在网络售卖。虽然他那二分地的稻子收出来和隔壁的米有明显差别，例如小颗一点，颜色没那么白，不是最美丽，但却是可以安心吃下肚的米粮。年轻人不怕丑，大力推销，叫我们离开之前要买一包回去，支持他。理直气壮，因他知他的米好。

我们在部落已经尝过他们的午餐，这里的电光米，因有一个泥火山在村脚下，红色土壤，种出的米似日本米，黏稠芳香。而简单的菜脯，加上自家种的青菜和菇类，是乡民的日常一餐。简朴得像回到古老的年代，连饭都是用竹叶包米饭就着菜吃。门外有人卖生腌猪肉，是台式的巴拿马火腿。咸香咸香。

部落，其实也就是一个小广场和一个千尺大的会议中心。但下午时分，阿美人的老人家与小孩，已经三五成群坐在那儿聊天。电光还未见7-11，只有一家柑仔店，供应烟酒、槟榔、饮料、糖果。整个村子静悄悄，除了一两声狗吠。东部台湾，一过花莲，就少人少车了，见到的风景，是把时钟拨慢的风景。无高楼，多绿意，除了无边际的稻田，一脉脉地延伸到山脚下，就是大棵大棵的樟树与茄冬，山更深处的白榕。在这里，我们仍需敬畏自然，靠天吃饭的人都明白。

池 上

这次到台东，不是纯观光，是跟队伍走，主戏是看“优人神鼓”在台东池上乡的表演。而我们之所以山长水远地由香港转了两程飞机到这里，是因为表演场地非大剧院，而是在一片秋收穗田之上。阔大迎风的舞田，是主办的台湾好基金会早在播种前，先将中间百多顷的舞台地插秧，过一星期再插周边的农地，于是，在十一月，收割好了这片舞台地，观众与表演者就正正好被那飘扬的池上稻穗包围，在一片大自然里，没有空调有微风，没有灯光有阳光，没有上盖白灿灿的天花板，而是一群飞鸟在蓝天白云上翔游。

这个池上秋收的活动已经办了七年。不长不短的七年，台东都知道有一个商人，跑到池上来，喜欢上这个地方（那时，金城武树还未闻名，而大坡池上的荷池莲叶亦少有人关注，当然，池上米是早有名的）。于是，这个以创投起家的屏东潮州人，不是只捐钱，还亲自深入乡镇，发掘每个地区的特色，长期进驻，将乡镇的风情与文化艺术结合。朴素与精致不违和地被置放在同一空间。

当地居民依旧自在地活动，添加的只是外地者对此乡的凝视并重现这地域的美。套句柯先生说的话，即把池上之美框起来，将最好的定格，不使忽略、流失。

许多台湾企业家，白手起家，对台湾有深深的记忆和浓浓的情分，老想着要反馈这土地。他们各自成立基金会，互相串联打气：你有活动，我赞助；我有活动，你参与。

所以，池上有了一个艺术村，目前驻村画家是蒋勋，他留在这里画下作品，不久就要开画展，也欢迎各方的艺术家到此进驻。

像台东市新生路，本来是一处废墟，但两年来，到台东玩的人都知道铁花村这个音乐部落。玩音乐的人来了，五条人、张惠妹（哦，她还买下了村边的两栋建筑，或住，或做工作室），以及其他一些本地歌手都来了，有歌唱，有表演。这里本来是废弃的铁路局，我们说“活化”，那么铁花就是最好的例子。台湾许多废置不用的公用建筑，像台北酒厂现在变华山文创区，台北药厂现在是松山文创园。最近弃用的旧时军用建筑也开始入驻一些艺术团体、咖啡厅，甚至心理咨询和外来游人的交流地。这些都不仅有人投资，亦有人支持。

沿着铁花村到尽头是诚品，有诚品的地方，应该就有人潮。在村里逛着慢生活的旅人，期待在这里和都市台北有不一样的感受，一入夜，小摊位开张，卖啤酒、手作工艺品、独立音乐人CD，开班授课学木工，教的是在台东的孩子们。有了好兴趣，就远离坏生活和坏朋友。而台东居民就多了一个好去处。

云 脚

这次，我们不只看一场表演，也跟着“优人神鼓”队友们走“云脚”。云脚即走路，由一点走到一点，全程禁语，经过当地的民居、村落、桥梁、河道。有短有长，优人的云脚不是郊游，听锣声一响即开步，二响即停。亦是行路修行之意。他们说：“走一天路，打一场鼓。”优人曾在二〇〇八年用五十天的时间，云脚台湾一周，走一千二百公里。剧团由刘若瑀和黄志群夫妻分任艺术总监和音乐总监，由十几人到今日成立分支“金石优人”，由第二代和一群年轻人组成。成为继云门之后，最受国际注意的台湾艺术团体。

走完一程云脚，优人就来一场“落地扫”。落地扫是台湾以前歌舞戏团绕境时的表演，现在则是各个剧团表演者到当地的一块空地演出，无须搭舞台的形式，更接地气，有时在一小学操场，或是庙埕、广场就开演。当地人闻风而至，免费参与。

走了路，做了落地扫，才到重头戏——池上一年一度的秋收艺术节。票一早就被秒杀一空，四千多个座，许多人都需同时参加云脚。所以一路上着白底橘色上衣的群众，每日都跟着六点多开走。一天比一天多，到最后表演那天，还要走，从关山火车站走到池上中学，再接金城武树的小道，一路到天堂路，最后至出现场。风有点强，太阳有些大，但，云脚之人一列两排，缓缓地由远处行近，如两座橘色的桥梁。

坐在一片稻田上的感觉就是不同，自然母亲给你风，给你阳光，也给你头上晴朗的天空。你远望那随风摆动的稻穗，鼓声响起，或轻快，或沉重，男优如僧，而女优如古远之画，缓慢，身体的节奏轻叩着，亦应着鼓声乐器。他们说着“时间之外”的一个爱情故事，而我们在时间之内享受这样一个下午。因为时日多艰，如鱼少水，鼓声渐稀，而舞者一直旋转，如旋涡，如昏眩重复的人生。优人神鼓时时关注当下，将所有的当下放于时间长河中，如珍珠之串联。

你或会说，这种表演是给外来客欣赏的，当地人并无参与。可这连着三场的演出，第一天就是请乡亲父老、同学老师来看的，完全免费。付费的是从香港、台北、台中，还有澳门的来人。池上秋收已打出名气，愈来愈多人闻声而至。

台湾好基金会的执行长李应平，曾是香港光华文化中心主任，彼时已见识到她的拼劲。现在她手下全女班，十几个成员，到台北、苗栗、台东各地支援，同时进行几个项目。每每见到这样撑起一片天的台湾女同胞，都心生敬意，她们或爽朗，或温柔，或多言，或少语，可都能看出她们对台湾这岛屿的情深意切。

这次随行，若非这样的一步一行，就见不到这个纬度的风景，进不到那部落与学校，听不见阿美人亮丽高昂的歌曲。原来有如斯愿放下身段，盛意拳拳走出城市之外，想为土地和人做一点事的台湾人。

曾听闻清末有位官员说的这片残山剩水，这山这水，端赖我们怎么看，有斯人，方有斯土。有这样的梦想，不急不促，要台湾好，看来，这些人，懂得。

香港记事
——香港麻鹰的停与留

台湾朋友由美国回流香港，她先生是银行家，随着工作先后在中国内地、日本、美国落户，现在她又回到香港来了。她很开心，她说，进以前认识的餐厅，不管是五星级文华东方或是平民茶餐厅，那些老伙计都还在，叫得出她名字，互道日常往事。那种温暖是在东京、纽约体验不到的。香港，她说，是她的第二故乡。

许多的外来客，我所认识的朋友，不管是台湾的、内地的，他们在此定居，本以为是短暂的过客；后来，他们都习惯了这个城市的方便、清洁、法规明确，人与人之间以直报直。香港像一个大乡村，村里包围着一个小国际城市。那种华洋杂处的风味，令它不像其他国际都市那么冷冰冰，它的小小恶意和善意，都不致命，因为有着实际的天真，毫不保留，不会恃熟，亦不卖乖。像茶餐厅那一杯奉送的茶水，不过热，也不冷，暖得刚刚好。

是的，如果你来到香港，如果，你不去旺角，不去铜锣湾，不在红绿灯交会、游人如织的街道看着那偌大的广告牌，看着所有物欲横流的商业区，而以为这就是香港，一个由购物、饮食所建构的城市，一个华洋杂处的城市，一个卡尔维诺先生所指的，“在你面前，城市是一个整体，没有漏失任何欲望，你是城市的一部分，由于它对于你并不热衷的每个事物都乐在其中，你只能安身在欲望里，并感到满足”的那种城市。

香港可以满足你的欲望，但是香港也是欲望的主体，它超乎所有人的期待，它的本质和真相并不只在于你所见的、你踏足的所有建筑或街头。它可能只幻化成一只鹰。在这个城市天空，被高楼切割的蓝色天空、白色云彩上的一只鹰。

在香港，你真的可以赏鹰。

来香港，如果你不只是低头看着五光十色的商店风景，你到稍高点的中环，到稍宽阔的海边，你在尖沙咀，你仰头，会见到一只俯冲急翔的麻鹰，当它展开灰褐色的梯形尾翼、分叉的左右各六支飞羽，黑色眼罩，白色斑点，近乎青少年的身长，雄壮而威武。那是导演杜琪峰电影《暗战》里飞翔的麻鹰，导演把香港麻鹰从栉比鳞次的摩天大楼那被切成方块的天空摄下变成香港的图腾。野性的鸟类在都市丛林生存，它们圆满的头型和尖喙，咖色羽毛，利落地闪避大楼建筑。如果我们仰头看天，如果我们不是用手机捉宝可梦，那我们的眼球，就会和那孤独单飞的麻鹰对上，它们不群聚取暖的。就如香港，没人会说它小确幸，没有人会爱它的拥挤，但它宜居，它像那只麻鹰，那野生的羽翼，映照在平滑如镜的大楼镜面。那只褐色的鹰，却似把这个都市丛林，当作它的荒野、它的平原，自在地飞翔。

我第一次和麻鹰对峙，是在一个浓雾的早晨，海边的房子湿漉漉的，仿佛毛巾都可以挤出水来。海上的货轮发出呜呜的鸣笛声，凄厉地划过雾，划过早晨，窗外白蒙蒙的一片，突然有一只鸟俯冲而下，再飞起，我看不清它的样貌。后来，它停在窗外的花槽上，圆滚滚的眼珠并不看我，只是暂歇在白雾之中。汽笛又响了，它迅捷地拍着翅膀，消失在看不清的远方。

台湾的鹰只在高山上出现，大只且凶猛，并渐渐绝种了。能在城市之中、在窗外看到鹰踪，大概只有香港了。在香港，平日就有三百只留鸟麻鹰在晴天雨天的天空穿梭，一到冬季，到香港避寒的候鸟麻鹰有一千五百只。它们在天空盘旋，马己仙峡道、西贡，都可以见到它们的踪影。映照在玻璃帷幕上，仿佛是香港的一个小小烙印。

它又叫黑耳鸢，因为飞翔的样子像一只纸鸢。它们既是留鸟也是候鸟，既可以在某地停留不走，但也可以冬来春去。就这点，多么像香港，多像我们这些在香港或长居，或暂住的人群。

韩素音在香港成就了一段恋爱，写成爱情故事《瑰宝》，大受欢迎，并改编电影《生死恋》。她在香港停留不算长，她也是那只麻鹰，她又飞走了，并留下了她的香港故事。

借来的地方、借来的时间现都物归原主，尘埃落定了。留下来的人，有以暂时停留的外来之客的心态，或以为这就是埋骨之地的心态。就如香港诗人也斯在他的诗集《形象香港》所说的：“沉重的行囊／变得难以言说地轻，我们在寻找一个不同的角度／不增添也不删减／永远在边缘／永远在过渡。”

春天的香港

每天下午，我要走一条长长的斜坡路到地铁站。春天来了，一旁的七里香开得香气浓郁，甜腻腻的；高耸往上生的火焰树，路上就有一棵，那由非洲过来的花，大朵鲜艳的红花冠，掉了一地，花像是热情的热带音乐，本来应有的懒洋洋的气息，在香港这样拘谨的城市，好似生错了地方。

还有风铃木的花，黄色，紫色，你抬头一望，就可以和着天空的蓝一同品尝。樱花香港也有，但是要远一点到新界才能看到，而且台湾的品种更多、更大片。紫色如铃铛般的蓝花楹、泰国国花黄色猪肠豆（金链花），这些花儿在春天，喜气洋洋，配着绿油油的嫩叶，我们看着，呼吸着，那是我们说的小确幸。

三四月，在香港，以往的雾气湿度小了，以前住在海边，那本来有的早春一大片的浓雾，清晨每每有着汽轮的鸣笛声，此起彼落，看不见风景，也没有白云蓝天。抽湿机长时间开着，两小时下来就有一大桶水。这几年搬到山边，春天变得干净、清晰，抽湿机也不用了。春天也不下雨，每天灿烂的日光没有一点犹豫地洒进来，鸟在外面叽叽喳喳地唱着，鸟鸣声到中午都还听得见。我家那只猫跳上窗台，看着下面的学校篮球场、游泳池和大片的建筑。香港的春天，总诱惑着你要往外走。

朋友们呼唤着，他们一个个传来照片，南昌公园的黄花风铃木盛放，由薄扶林道走向山顶，或是去马鞍山看放养的牛群。有人玩着滑翔翼，有人遥控飞机，只要你走向高山，那蓝天与田野就让你产生错觉：你并不是在香港，不是高楼林立的香港。或走向海边，由香港的南边鹤咀道出发，沿着海岸看着对岸的赤柱半岛，走过悬崖，你看到的风景，是白色的灯塔和海岸线，海蚀的岩块和拍打的海浪，自然的景观永远看不厌。年纪大了，对城市里那些看似新鲜永远变化的餐厅、商店、建筑，已经有点厌倦。那看似繁复多变的陈列、永远的大型广告、光鲜亮丽的橱窗展示，像一种不消费就会死的恐吓，我若不买账，那就只有不去。

况且，刘克襄不是写了本书，叫《四分之三的香港》。对啊，香港的城市面貌太入脑，但其实香港有四分之三的土地，不是拿来建高楼起地（卖那楼价高得吓死人，香港的居民只能住劏房），而是香港人都可以自由地拜访的绿山郊野。只要你离开人头汹涌的铜锣湾、中环、旺角、上水和尖沙咀，看到的香港，好似老了几十年。那些旧村屋，有小小的庙宇祠堂，有老狗徘徊在午后的小街弄，有渔村那浓浓的鱼腥味，也有隐藏着的一家欧式小咖啡馆在巷弄之中。

所以内地的朋友常说香港不是他们想象的那样，他们的印象来自电影和杂志，来自经济和高房价的报道。他们想象的其实是四分之一的香港，有秩序、繁华、精致，像一张地产海报，那里贩卖的，并不是大多数香港人的香港，也不是许多游客的香港。

四分之一加四分之三，那个完整的香港，我至今也未能走遍，香港的田野风光或城市风景，构建了一个香港，完整的香港。

“创造”出和心中不同的女儿，就开始把她的缺点幻想成不可多得的优点。她倔强，正好，不要像妈妈一样，什么事都随便，一个倔强的女人比一个温柔的女人更适合生存。当她用完全不同于我的眼神看着我时，我知道，她不会是我的影子。

第二章　看你　听你

第一次知道你

很多事，说是在冥冥中发生，但我还是觉得，心中早有一些预感，只是不愿去面对，去承认。

像你，我和你的父亲从来就不愿有下一代。但是，那段日子，我正处于彷徨无助的关口，于是我想，或许，有个小孩会好些！

你看，又是一个自私的母亲，想借着爱来填空、补白，或是逃避。但是，你会原谅我吧！因为，我是克服了多大的困惑，才愿做这一个尝试。

但是，过了那短短的日子，我有了新的目标，我忘记了你，一个可能出生的你。

但是，你已悄悄地进驻我的身体，你愿意给我一个机会去当一个母亲，而且不由得我反悔！

我的身体反应，让我隐约知道你的来临，但是，第一次知道你，仍是那一个早晨。我们忐忑不安地来到预约的诊所，只有我一个东方女子。年轻的外国女孩全是一个人，自在地翻阅着杂志，没有人聊天，各自想着各自的心事。简单的一个阳性，就决定了一个生命的存在。

不到十分钟，那个女检验员叫到我的名字，对我说是阳性，并且观察我的反应，循例地说，你有几个选择：可以生下来，可以拿掉，可以生下再让别人领养……知道你真的在我的肚中，一种最亲密的依附，我的另一方式的衍生，静静地成长。想哭！想笑！一种比哭笑更复杂的情绪！第一次知道你，想对你说声：“你好吗？”

看你　听你

在你还在我肚子里，仅仅三个月大时，我就看见你了！

应该感谢科技的进步，是的，几乎每一个母亲，现在都可以和在她肚子里的宝贝见面，但我总觉得，我们的会面是独一无二的。

你吮着大拇指，斜躺着，甚至跷起脚来！医生说这是你的眼、你的脸，我费了好大的劲，还是分不出。你知道吗？妈妈那时候真懊恼，为什么要你爸爸向我说明你的身体部位，我总以为，我们两人是亲密无间的。

但是，你那时甚至不肯透露你的性别！

而且，你对我还开了一个小玩笑：要听你的心跳时，居然没有任何动静，找遍了肚皮的每一个角落，就是不知你的心在何方！

我和你爸爸吓呆了！我们都是悲观的人，当然就往坏处想：你，是不是不在了呢？我们的缘分，就是短短的三个月？直到探测器伸入体内，我开始感动地湿了双眼，因为我听到了你的心跳。不，你的生命力旺盛得很，怦！怦！怦！快而急速，好像等不及地说："我是开玩笑的呢！我好得很呢！"

小调皮，我开始破涕为笑，和你的心跳一起，构成一段美妙无比的旋律。

生日派对

我在为女儿马雯准备一个三岁的生日派对，列了一些名单，学前班同一组的同学自然要请，她的“戴鼻环”老师也要请，还有以前一同玩的一些小朋友，日本的、以色列的、美国的，还有印度的、马来西亚的……

每一年，我都想为她准备一个热闹的、值得回忆的生日派对。我想，我会继续这样地热心下去，一直到有一年，她厌烦地对我说“老妈，可以停了！”为止。

我这样地热心，其实不仅仅是为了她，更是为了我自己。为了纪念我自己拥有她的那一日，好使我不要忘了，她真真实实地出自我的身体。

借着这个生日会，我可以回溯以往：她第一次叫妈妈，她第一次扶着椅子站起来，她第一次颤颤巍巍地走了一步……她众多的第一次，是在我身旁发生的。

这些记忆宛如流沙，以惊人的速度自我的手中流失。如果我不记下，可能就会脱页，失去；如果我不记下，生命和回忆随时会讹骗了我！

记下我对她的依附，记下我对她的爱恋，记下我自身流逝的、相对地补偿在她的成长中。

好像一盘棋，不知不觉地，我的棋子全部给了她。

所以，一年一年地，想把日子留下似的，每到生日做一个刻记，要提醒自己，她撒娇的身影、痴缠的身影、嗔怒的身影，全部不过是一些幻象，或许有一日，她就会像叛逆的青少年，要全盘将它们否定。

你看，一个母亲的絮絮叨叨、悲观怀疑，是多么令人厌烦。有一个朋友生下了她的女儿之后，几乎得了抑郁症，她怕每一个人伤害她的小宝宝。而我和她爸爸也常常交流噩梦，一早醒来迫不及待地告诉对方，都是关于她的，然后松一口气，幸好不是真的！

爱一个人基本上都是这样无助的，你喜悦吗？但随之而来的又是淡淡的悲哀，害怕好景不长。你痛苦吗？但你想到有她在身边，又有力量再起来了。

当你的身份变成了一个父亲或母亲时，你会找同样是父母的朋友，说共同的语言，他们绝对了解你的矛盾；你和无子女的人划清了界限，而他们亦不想和你结盟。

我们好像母鸡保护着小鸡一样，不会为了取悦他人而忘了那个最重要的小人儿！

就像那一日的暴风雪，车子开不动，只好坐公车再走一段路去接她放学。漫天漫地的白，茫茫的一片大地真干净！许多的车停在路边，救护车声在耳旁呜呜地响着，老是不走。一脚踩下去的雪，直到膝盖，如果真有科幻小说所言的末日，可能就是这样惶然的。

终于走到学校，马雯听到声音回首，粲然一笑，她爸爸抱起她，说：“我们回家！”然后我们又走进漫天的雪白，小纸片般大的雪花不断地撞着她的脸，她只能将脸埋入爸爸胸前。她不会记住那一年的风与雪。所以，我要不停地记下，我要等她问我，是不是这样的啊？

唯一的话

我一直想等你长大，告诉你外公的事，但是，我又怕那个时候，妈妈已经忘了许多的细节，而仅仅用抽象的感觉去描述他。那么，妈妈将会非常内疚，因为，那些点点滴滴的生活细节，才是你外公的原貌。

如果妈妈忘了，那么，妈妈生命中的某些记忆、某些感动，可能都消失了，死亡了！

提到死亡，就和出生一样是绝对的、不可阻挡的力量，但又是无法相容的两极。而我，仿佛看到上天对我扮了一个鬼脸，然后，丢下一个生命给我，却又夺走另一个生命。

一个是我给予的，一个是给予我的！两个对我，都是同等地重要！

外公在你出生第四天，到了美国，看你。

那时，我们都不知，癌细胞已经在他的体内蔓延。但是，和他分隔两年的我，却知道，你的外公，我的父亲，已是垂垂老矣！

然而，新生命和旧躯壳都似惴惴不安。半夜，你哭，外公咳；在静静的黑暗中，仿佛有个阴影晃动着，觊觎着。外婆在哄着你的时候，外公用微弱的声音说："妹妹乖，不要哭！"

妈妈很难想象，严肃的外公会如何和你相处，但是，这也永远是个谜了！妈妈只听到，外公对你说的唯一的话。

妈妈忘了问外公，小时候在花莲，他为了我们晚上睡得好，去捡一块大石头压惊而被人家骂，是不是真的？是不是有用？

妈妈有许多问题都来不及问，许多话来不及说，妈妈多希望你和我、你和爸爸，不再像我们及上一代一样，不再有许多的遗憾！

噩梦

小女儿总是睡不好，一个晚上要醒来好几次。人家说，三四个月大的小孩就可以睡整夜而不会醒来，我都非常羡慕。

有了小雯之后，我的梦境变得支离破碎，但最可怕的是当她做噩梦的时候！

常常，她会先抽泣，然后大哭，哭得惊天动地，仿佛看到了世界上最可怕的东西。即使我们叫她，哄她，她仍然闭着眼，在梦境的恐怖经验中不能抽离。直到我们大声叫，发出声响，她才睁开眼，知道妈妈在身边。

已经是哭肿哭红了双眼，已经是一个可怜的小人儿了！一个受噩梦摧残的小女孩！

每当情急，我总大声对着空气说："什么坏东西，统统给我走开，我们小雯要睡觉。"对着女儿说："妈妈打坏坏，不要怕，赶走他们，妈妈在身旁。"但是女儿太小，不知道妈妈说的意思，不会说话，不会讲出到底做了什么噩梦！是什么样的人或物，是什么样的环境，是什么样的故事，令一个十个月大的小婴儿惊恐难安？我常想，如果可以，只要一次，让我进入女儿的梦境，和女儿一同经历那恐怖的情节；只要一次，让我替女儿开路，化解困难。

我不愿只分享她的可爱，亦要分担她的可怜，在她还未分清梦境与真实的差别时，我宁愿做一个霸道的母亲，侵入她的梦境，保护她！

爷爷·马雯·祖母

马雯常常对着爷爷笑，爷爷也常常对着马雯笑。在那一天拜完神之后，我想，他们成为一对很好的朋友。因为，他们一起走过好远好远的路，分享过彼此很热很热的汗水和心跳。

那是马雯五个月大的时候，和爷爷、祖母的一个小故事。

那年暑假，小雯回香港看爷爷和祖母。有一天，祖母说要带妈妈和雯雯去庙里还愿，因为，爷爷和祖母在小雯还未出生时，曾去求过神明。神明说，一切顺利，所以，马雯要去谢谢“他”。

胖胖软软的马雯，在妈妈的怀中，沉甸甸的。我们下了计程车，要走好长的一段路，从鲤鱼门的入口，要经过长长的街道和一连串的海产店，还有窄窄的巷弄。

而太阳当空，爷爷急急忙忙到处找伞，终于，买了一顶农妇小笠，小马雯戴上，就是个小小渔村姑娘了。而小雯小姐不顾炎夏，呼呼地睡着，爷爷伸手抱过去，开始一段“长征”。

那十几磅重的姑娘，黏在爷爷身上，爷爷开始流汗了！

但是，长长的路啊，穿过人家，走过小巷，走过人声沸腾的食堂酒家，走过暗香浮动的百姓人家，爷爷的汗，由滴而成流，成河。

不敢惊动小马雯，所以，爷爷也就一个姿势，抱着他的小孙女，一路要去拜谢神恩。在怀中的她，稳稳熟睡，因为有温暖的臂膀和宽广的胸怀让她依偎。

马雯的第一本书

马雯的阿姨，在她三个月大的时候，买了一本《看图念唐诗》给她，这就成了她的第一本书。

阿姨说，当马雯会识字时，每个月拨出五百元新台币，作为她的读书基金，所以，马雯不愁没有书读了！

之后，我们陆续买了一些英文图画书给她，然后，“灾难”就来临了。

她爱上了我和她爸爸念书给她听。一拿到书，就举起来，嗯嗯啊啊，要我接过去。初时，我很高兴，想我这个女儿真有天分，小小年纪就爱念书，爱念书的小孩不会变坏。但是，爱拿书的小孩呢？

原来，她只爱拿起一本一本的小书，我接过去，她再拿另一本，如此反复。我未念完一本，就要应付她大小姐的另一本。不接，她会非常生气，似乎是我不尊重她的阅读权，“啊啊”直叫！

我不理她，她会举着书，哀哀地叫着，可怜兮兮的样子。又好似我这个做母亲的，竟然对女儿的强烈学习欲望视而不见，不忍，于是又被她欺骗了！

而她竟然还撕书！这是我这种爱书的死脑筋最不能接受的事，她已经把《看图念唐诗》撕烂，而一本有声书只余声音，不见了纸张。我几乎要含泪对她说：“你会后悔的，因为，你将看不到这些精彩的故事了！”

但是，她一点也不在乎。晴雯撕扇，我们马雯撕书，笑呵呵，这样恐怖的女子！

我在考虑，是否要告诉她的阿姨，或许，将买书的钱折合成现金吧，在马雯停止撕书之前！

杂念

第一次由医生手中接过她，觉得她似乎没有重量；但是，那一夜因她啼哭，抱了她一整夜，才知道，原来重量是累积而来的，一如爱，一如责任。生下她那一天，下了一天的雪，有时候我看着她，有时候我看着雪，因为，从没想过，自己会在下雪的国度有了一个温暖的、能抱得满怀的她。

生出来的时候，讶异于她的纤弱秀美，大大的眼睛，高挺的鼻子和小嘴。但是，她逐渐变成一个健康、普通的女孩了，作为一个母亲，不是没有一点点的“失望”的。但是，从另一方面来想，一个多愁善感的小美人或是一个活泼善良的小可爱，作为一个母亲，会选哪一个呢？

她外婆陪她睡了一个月，直到她满月。

敏感的她总是不断地醒来，外婆只好拿手当枕头，动也不能动，如此，直到天亮。她直到十个月大，仍只会叫爸爸，而不知有妈。一天下午，她突然自得其乐地轻轻诵起“咩咩……”声，我知道，她终于愿意喊我一声妈了。虽然她并不是看着我叫，虽然这离“妈”音还有一段距离，但是，我仍自得其乐地抱着她，附和着：“咩咩……”

学会说多种语言的女人

小雯现在开始学说话了，于是我们做父母的难题就来了，在她未出生的时候，我们就开始讨论，到底要教她说什么话？到现在，她将近两岁了，仍找不出一个答案。

她父亲是香港人，有爷爷奶奶要沟通，当然要学广东话。她母亲是台湾人，所以普通话也是必学语言；加上外婆只会闽南话，为了和外婆撒娇，小雯小姐不得不学一下闽南话。

可她又拿美国护照，是美国公民，为了将来打算，她当然也要把英语搞好。她的父亲还打算要她学日语，因为日本的资讯实在又多又快（但那关小雯小姐什么事？）。还有，妈妈想让她学一下国际语，谁知道几十年后，这个语言是不是真的成了世界共通的语言？早学早好！

一定是小雯早就偷听到了我们的大计，所以，到了快两岁，她还是不愿开金口，以示抗议父母对她的“压力”。她永远是指着某样东西要我们回答她，我们成了学习的人，而她就可以永远不必开口！

许多的朋友安慰我们，没关系，大器晚成，只是你们说不同的话，她混淆了……要成为一个会说多种语言的女人，原来不是那么容易，要小雯像录音机一样，说出不同的话，其实不是因为现实，而是希望当她背着背囊浪迹天涯的时候，可以从从容容地走在世界每一个小村落、小巷道中，语言的通畅令人自信。要她学会说各种语言，其实就是要她做一个“国际人”。

可是我们的小雯小姐，仍旧享受她的“无声世界”，或许，那里也是海阔天空，一如她什么话都会说一样自在吧！

倔强如一个女人

每当我和同样有小孩的朋友谈起马雯的举动，她们总是用同情的眼光看着我。我说的是马雯小姐的“牛脾气”，在她几个月大的时候，我就知道我是管不住她的。她可以在半夜睡醒时哭叫，而我们依育儿专家的话让她自己入睡的那一夜，哭几十分钟而不停，直到我进房去安抚她。

在她更大的时候，她学会了用头撞地这个“惨烈”的动作，以后凡是她生气、想引人注意、看到陌生人时，就来这一招。有时来不及拉住，额头马上红了一片。偏偏她的父母都不是倔强的人，她的倔强，不知是遗传了谁。

做了父母才知道一个道理，以前觉得以自己的能力、时间，应该可以教出一个“心目中的宝贝”。但是马雯小姐教会了我一件事：她就是她，不管是因为基因，还是因为我的策略有误，这个两岁的、有点嚣张、非常倔强又有着不错记忆力的胖娃，不是我想象中的“那个”不会在半夜醒来几次、什么都吃、不把玩具丢满地的懂事小女生。奇怪的是，我还是爱她，而且非常非常爱。每看她一次，就想亲吻她，虽然这个小女生有时是不耐烦地被我亲吻着。

“创造”出和心中不同的女儿，就开始把她的缺点幻想成不可多得的优点。她倔强，正好，不要像妈妈一样，什么事都随便，一个倔强的女人比一个温柔的女人更适合生存。

当她用完全不同于我的眼神看着我时，我知道，她不会是我的影子。

所以当朋友用同情的眼光看着我时，我一点都不介意。因为，不管是一个刚烈的女孩，还是一个倔强的女孩，她就是她，一个自从剪掉和我相依相连的脐带之后，就独立的人！

人面

人人都说，相由心生，但不知几岁的娃儿是不是也符合这原则？我看我们马雯的相貌，如果相由心生是对的，那这个女孩一定很高傲。但是，相貌是不是更多遗传自她的父母？和她有血缘关系的亲戚们？她小小的人面，亦如她父亲所说的，是我们的终生的故乡所在。

她的眉毛是她最有特色的地方，自一出生，有些叔叔阿姨就发现她这个“优点”，不相信刚出生的小女孩就有一对浓眉。当然，浓眉还须配大眼，幸运的是，她也有一双鬼灵精的眼睛。据说，这遗传自她的老爸，灵活有余，沉稳不足。她的眼神深邃，但总有一点点的不信任、一点点的狡猾（我宁可我是看错了）。

她的脸承传自我，面如满月，如金盆，这些形容词都是她的妈妈自小便接收无数的，而我的女儿，亦将接收这些形容词，这可能是“福气”的代名词。但年轻的人，谁爱福气呢？但无妨，如果她找到一个欣赏她的脸，如她爸爸欣赏她妈妈一样的男人，那就是美好结局。更重要的是，如果她爱自己的脸，那就是最美好的结局。

而鼻子呢，都说是像外婆！眉心间稍扁，似常皱着眉，就如一个东方娃娃的鼻，并不起眼。而嘴虽然不大，却常常开着，合不拢，这是最令我苦恼的地方。但是，她有时会发出可爱的叫声，那使我暂时忘了她的嘴形。

她的头发，六个月的时候我们担心她的头发永远不会长长，但现在她已可以和其他的小女生一样梳一条或两条辫子了。她变得很女性化，轻声细语地对着她的米妮老鼠或是中国娃娃说着神秘的外国话，有时撒娇叫着爸爸，坚冷的心马上酥软。

她的人面，或许在外人看来，就和一般的小孩无异。但是，我看着她，由一个月、两个月到两年了！总觉得她有最令我的心为之悸动的一张脸，她的笑、她的泪、她的无动于衷，都可以令我心动，不可替代的一张脸！

电视儿童

真是令人伤心，我的小雯才两岁，我就已经不是她最要好的朋友了。她的世界已经形成，是由她自己架构出来的。她在十个月大的时候，就以行动证明她是一个“电视儿童”，在一岁生日时，她获得属于她的第一部录影带，开始她一年来的“电视生涯”。

现在，她已经会自己放入自己中意的录影带进录影机中，再打开电视机。虽然不是每次都可看到画面，但是成功率颇高，令她更加坚定信心：只要她喜欢，她就可以看到。逼得我们只好将插头拔掉。

她还不懂欣赏卡通，除了一部她和父亲常比画手脚的卡通的音乐，所以，每次一看到卡通，她大小姐就大摇其头。她最熟悉的朋友可能是“邦尼恐龙”，她自几个月前在电视上看过它之后，就和这个紫色的怪兽交上朋友。她有十几部“邦尼”的录影带，每天下午三点半，如果她醒着，她就会开电视和“邦尼”见面。据说全美国五岁以下的小男生小女生，都是“邦尼恐龙”迷。马雯小姐亦不甘人后。

所以里头的片头片尾歌，小雯早已耳熟能详，随歌起舞。里面的小朋友，我想是她两岁年纪的梦中最常见的朋友，她一定在梦中和他们玩得很快乐，因为她闭着眼睛都可以知道小朋友下一个舞蹈动作是什么。她的爸爸忧心忡忡地摇头，因为他的女儿将是只知有影像，不知有文字的新儿童。

在她还未和真正的小孩做朋友的时候，她早就有一群朋友了。她看到他们的时候，眼睛发光，面色大喜，那些虚幻的人物，有着不可解的魅力，还未两岁的小娃就已知道这个感觉，在我们还不知电视的魔力会如此大时，而小雯已经沉浸其中，不可自拔。

三岁读诗，五岁读《百家姓》，六岁《三字经》朗朗上口，是我在怀她时的愿望。但是，我的马雯却早早就表态，她是影像新人类，我只有期待她在识字之后会转变，爱上文字这可爱的东西。在这之前，她就只有当她的电视儿童了。

走走走，上学去

已经不记得自己在那个每天要清晨六点钟起床、七点要参加升旗礼的学生日子，到底起床会有多么难过的心情了！但我却由马雯的身上看到应该是这样子的：

因为小姑娘已经两岁了，学校的托儿中心收二十二个月以上的小童，为了让害羞的小雯学会和小朋友相处，所以决定让她“上学去”。我想到那里去吃吃玩玩，和小朋友争争玩具，应该是很有趣的事；想不到小雯却一点也不领情。

第一天上学去，小雯打扮得青春可爱，亮丽动人，一顶小帽，一套白色有 Cookie Monster（曲奇怪）的工人装，她以为我要带她去荡秋千，高高兴兴地出门去。但是，一进学校的大门，看到洋人老师，她马上变了脸色，拉着我说要去“街街”，并且大哭。众小朋友都围着她好像看动物一样。老师叫我离开，否则我的女儿看到我，就不要老师了，唉！只好被赶出门。

不知她那几个小时是如何度过的，但当我打电话过去的时候我就知道了！这小姐哭了一个钟头，但做老师的气定神闲地说，不严重，可以到放学时间再来接她，在电话中还听到女儿的哭声，做老妈的真的心疼。但每个人都告诉我，她会熬过来的，不管是哭一天、两天、一星期，她总会适应，然后她会很喜欢上学，喜欢老师、同学。

我知道！我知道！我知道！可是当我听到女儿的哭声，当我看她拉着我楚楚可怜的样子，当我不知道到底还要多久她才真的爱到学校去，告诉我她“将”会乖乖的，还是无法安心。是！终有一天她会爱学校多过爱家，和朋友玩多过和母亲相处，她会觉得外面比家中有趣得多，朋友们都这样劝我！但是，我心中想的正是这些！

把她送到老师的手中、同学的身边，到她可以适应的时候，就会高兴吗？作为一个自私的母亲，恨不得她可以只要妈妈，不要其他人；恨不得她永远把我放在第一位；恨不得她只属于我一个人。

现在只是小雯第二次上学去，她可能还有一顿好哭；她可能在学校只想着妈妈；她可能希望妈妈可以陪着她，不必上学校……当一切过去，这些心情不再的时候，我和她的距离就远了一点。

再远一点，再远一点，会不会我再抓不住她？

这是一个母亲对女儿上学的“远忧”。

我的族群

小雯小姐经常半夜失眠而号啕大哭，害我担心吵醒邻居，有伤感情，不好意思之极。幸而邻居都是过来人，甚有善意，白天碰见，频说没关系，没关系。

很高兴自己能够搬进这“孩子社区”。社区内住的都是有儿有女之人，彼此照应，也彼此包容。若换在无孩家庭社区，搞不好早被邻居报警投诉破坏安宁。

想起朱天心在《袋鼠族物语》内所写，有孩子与没孩子的人简直是两个冲突族群，最好的交往方式就是不再密切往来。承认吧，没孩子的你永远不会明白为什么我带小雯小姐去你家吃饭时，会那样亦步亦趋尾随明明已走得很稳的她。正如朱天心所说，我“唯恐小兽在你们洁净的墙上留下壁画，或打破你们的摆设，或只需一眨眼就把你们的绿色植物全部拔光”。

说来无奈，这是一道鸿沟。我和小雯站在一边，看着你们站在另外一边。正如你们不接受我们这边的莫名其妙的吵闹喧哗，我们也无法欣赏你们肆无忌惮的笑声妙语。

然而我们不需要你们的同情，我们这边自有包容的族群。我们快乐。

童话

《潘神的迷宫》里有一只小蚱蜢，飞到小小的女主角床前，睁着眼睛望着她，仿佛有话想说。

女主角摊开一本童话，翻到其中印有仙女身影的一页，指着上面的图案说：“你是仙子吗？仙子应该像这幅图画才对啊。”蚱蜢眨一下眼睛，不服气地把身体姿势扭了又扭，终于摆出了一个酷似仙子的侧影。

原来童话总在美化现实，不管是现实里的人或仙，一旦进入书册，便有了另一个形象。欲有说服力，现实里的人或仙便都要模仿虚构之物，真假界限，再难分清。

有了这样的一只蚱蜢，《潘神的迷宫》注定取得奥斯卡最佳摄影、最佳艺术指导和最佳化妆奖。体型庞大的怪兽容易做，细微精致的昆虫却难为，它把仙子的灵气凝聚成一道飞翔的神迹。看完电影，日后到了郊外而得见蚱蜢，还真想蹲下来对它低头说话。

然而《潘神的迷宫》的动人又绝不止于视觉效果。它述说的是童话故事，传达的是现实信息——公义与爱心，坚持与勇气，全是扣人心弦的情节素材。例如那作恶多端的上尉死前要求游击队：“请把这表给我初生的孩子，让他知道我什么时候死去的。”那女人却抱着他的孩子，冷冷地说：“不，他甚至不会知道他的父亲是谁！”

这《潘神的迷宫》里的对白，对那“人之将死，其言也善”的伪道德大大棒喝一声。我们的善良，要留下来给值得给的人；我们的同情，要施舍于值得受的人；我们的爱，要保留给值得付出的人。我们相信人间之残暴废墟的存在，但我们亦信有一童话之国度，是美好道德的试炼场。

该片的影像华美若梦，光暗对比非常强烈，那色调真美，凭这功力，导演 Guillermo del Toro（吉尔莫·德尔·托罗）本可拍得更甜美一点，可以拍得更接近观众一点。但他偏不，他偏要在镜头里拍出足令孩子用手掩目的血腥与暴力。那是他的想法，我们尊重，不予置评。

小女孩踏出戏院，说这部电影在她最喜欢的电影名单中排前五名。我笑了，想告诉她，真正的童话是这样的，公义与爱心，坚持与勇气，那便已像故事里的主角，永生不灭。大人可以不相信童话，但，大人一定要孩子相信童话，一直到他们自动放弃为止。

城堡

住在小旅馆的最大好处恐必是能在“大堂”内感受热闹气氛。酒店的大堂，所有人都只是路过，登记入住或退房，停留不到十分八分钟。小旅馆的大堂却等于“活动中心”，在接待处的柜台旁，左边是卖啤酒和零食的餐饮区，只有四五张桌子，从早到晚坐满了人。男男女女，老老幼幼，或在低头写明信片，或在聒噪喧闹聊天，或在情绪激昂地玩扑克牌，或就只是呆呆坐着，没椅子便坐在地上，侧脸望着窗外的绿树和蓝天，盘算下一站应该启程到什么地方。

在同一个空间内做着不同的梦，很有点人民公社的复古气氛。

接待处右边，放了三部电脑，付钱即可上网；电脑旁有十来张椅子，椅子前放了一台电视机，每天晚上八点准时重播电影《音乐之声》。椅子不够坐，来晚者索性坐在地上看，反正多一位观众便多一道笑声，对所有人都是好事。

为什么重播这部电影?

《音乐之声》的好多场景在萨尔茨堡拍摄。记不记得年轻男女唱“I am 16 going on 17（我 16 岁，快 17 岁了）”时的那间白色玻璃屋？它就在城南的王宫花园内。

一个早上，我搭二十分钟巴士到王宫，浅黄色的围墙，到处是东欧夏天的放肆气味。先到宫内参观，再到宫旁的动物园转了转，然后回到王宫花园找寻玻璃屋。找不到，问人，对方用手势指了一下围墙后面；走过去，一绕过围墙立即见到那幢透着清凉气息的小屋子，唐突地出现，毫无预警地把我踢进当年十六七岁在利舞台戏院看电影的回忆里，于是怔住了，久久没说话。

但忽然眼前有了一位少女身影。我还以为是幻觉，原来是小女孩走到玻璃屋前面，把脸贴着朝里面看，之后回头看我，轻轻笑一笑，轻声唱起来了："I am 13 going on 14.（我 13 岁，快 14 岁了。）"我正准备做鼓掌反应，她却再往下唱，边做鬼脸边唱:"You are 43 going on 44（你 43 岁，快 44 岁了）"我的反应便是追着她打屁股。

小旅馆旁边的山上矗立着一座城堡，千年历史，慢慢扩大，不离不弃地守护莫扎特的故乡。搭缆车进入城堡，下着雨，游人不多，难得有机会悠闲地在冷清的墙边坐着，想着。谁是这里的主人？听说是历年来的历任主教，但那都是废话。城堡本身才是城堡的主人，甚至或许不妨倒过来看，是萨尔茨堡在守护着这个城堡，像卡尔维诺所言，在命运交叉的城堡里，哪里是出路与入口，谁分得清楚？

游客稀疏的下午

小女孩在悠长假期里总得找些事情消磨时光，于是，终于去了迪士尼。

开业这么久才去，倒非因为忙，纯粹因为听闻它真的非常小，小到如果游客太多，每个游戏都要挤破头地排上两三小时才玩得到。而如果游客不多呢，则轻轻松松地不到两个钟头便玩遍了上下左右，剩下来的半天，坐着等看烟花，气氛落寞，十分扫兴。

总之是不管人多人少，似乎都不值得到此一游，除非从没去过其他地方的迪士尼。

其他的，小女孩都去过了，甚至去过不止一遍，故也就从没吵着要求到“特区版迪士尼”开开眼界。这回因缘巧合有机会跟家人和朋友去了，出发前丝毫没有兴奋，进场之后，却是意外地找到了一些前所未有的乐趣。原来，人少时，迪士尼更像童话。

那是一个游客稀疏的下午，清清凉凉，所有迪氏出品的卡通人物照例站在园内跟人们挥手拍照，但因人少，卡通人物难免被冷落了，像白雪公主，有好几分钟孤零零地站在城堡壁画的转角处，身旁有树，她的脸上仍然按照员工守则挤着笑容，但那笑意，在午后阳光的映照下，在乍暖还寒的微风里，有点苦涩，有点寂寞，也有点心事重重。

这样的身影或比任何国度的迪士尼卡通人物更贴近白雪公主的真实心情。成长中的少女，站在森林内，如此孤立无援，令人恐惧的后母，还未到来无从等待的王子，七个小矮人未曾现身，她在等待事情发生。这样的刹那，唯有在经营失败的乐园里才会让游客看得见。假如生意畅旺，白雪公主便不像公主，而只像街头喊卖宽频套餐的推销员了。

说到童话，夜里的烟花当然更是压轴。由于人少，像一场私人的烟花会演，那么近地看着，“嘭”一声，“嘭”两声，一切视觉奇迹仿佛只为我们发生。可以的话，我愿意这样的幻影持续，我愿意小女孩把这样稍纵即逝的青春印象在脑海定格下来，他日回想，宛如昨日，总能对于人生的美丽片刻有一种真实的感动。

预知与惊讶

小女孩开始懂得领略港产片的趣味了。现在，除了《墨攻》《赤壁》那些历史片，中文电影她只看周星驰的片子。有些对白，她笑，她记得。“你是最好的，你知道吗？”“地球很危险的，快点回火星去吧！”对白一出，不管听过几遍，她都会笑。除此以外，顶幼稚的，还爱看卡通片，她是那种看给八岁以下孩子看的卡通片还会呵呵笑的女生。

另外有音乐片种。重复翻看第五遍。《屋顶上的小提琴手》《理发师陶德》，都看。那天晚上突然在有线电影台看到芭芭拉·史翠珊的《杨朵》（通译《燕特尔》），我极高兴，因为早就要她看这部片，但找来找去都买不到，居然得来全不费工夫，天可怜见。我们老的，一心一意要把自己年轻时那种看到某部片时，那悸动惊喜的感受传给她，每每介绍这部那部，都说得天花乱坠，宛若世间绝片。

但小的还是硬邦邦的，不为所动，她有她的胃口，有时我耻笑她没品位，总要我们利诱威胁才心不甘情不愿地陪看一些所谓“艺术闷片”。但其实我们心中明白，我们已经渐渐地，在某些知识的场域，要把她当作活字典一样，随问随有了。某个影星的英文名、歌名、外国历史典故……我们渐渐要教学相长，平起平坐了。

昨天带她把头发剪到齐肩，下星期要到外地读暑期课程，一个人单飞，家人难免都有点忐忑。十几岁的女孩，放手，离开，再回来，一切情节其实早在意料之内，但如果生命是一出早已预知结局的“电影”，当放映到某个预定发生的“剧情”，作为“观众”，我仍不禁像从不知晓地有着强烈的惊讶情绪。

事情是朝着有计划而且平淡的情节前进的，只是我不知，那代表着何种重大的意义，而要一直到可能她过完了这一个暑假，整个面貌才会完整地呈现。

或者，那单飞的两个星期，什么事也没有发生。那底层的变化，是如千百万年那以石炭纪的缓进程序在进行着；是如一个镜头对着那尚未萌发的花朵以极大的耐性去等待，再用快转的速度去呈现。那时，一切都已注定；那时，我会不会将这记录，对她忆述？

炎热圣诞

这几年的圣诞在哪里?

如果没有用照相机拍下照片，恐怕不容易马上记得。但当影像呈现于眼前，一切便都呈现于眼前，该时该刻的焦虑、犹豫、刺激、笑声、呼叫，全部出现了，恍在当下，宛如昨日。中国人用“历历在目”四个字形容，真是对极了。

中文真好。

两年前的圣诞在埃及度过，新年亦是，在风沙与汗水中送旧迎新，曾在零下十摄氏度熬过了一年的十二月，如今体验三十多摄氏度的炎热的十二月，别有一番强烈感受。

二〇〇五年的十二月底的一天，在埃及东部沙漠驾驶电动车，小女孩坐在前头准备出发。夕阳斜照，车队在旁，映照出一个落寞的身影，希望不是预告她日后的路亦是如此；毕竟是家里独生女，毕竟令父母有了额外的担心。

二〇〇六年的十二月倒是寒冷的，到重庆出发搭乘邮轮东下长江，一路上飘着雨，气温极低，站在甲板上，瑟缩着，在峡岸之间更显卑微。水汽弥漫中的江峡显得凄美，抬头仰望，觉得三峡被观看了几千年，难免有点岁月痕迹；两岸猿声啼不住，如今没有猿了，没有啼声了，反却仿佛听见更凌厉的风声嘶鸣。

再往前的圣诞，由于没有用数码相机拍照，冲晒出来的照片都收藏在柜子里，想起来有些印象模糊。

日本是肯定去过的，伦敦好像也去了一趟，苏格兰和布拉格亦是；哦，不，那是在夏天去的，冬天好像到美国转了一下，波士顿、纽约，都去了。改天把照片都找出来，扫描进电脑，再储进数码相框，那便有如拥有了几维时空，影像流转，记忆流转，怎也难忘。

与其依靠人脑，不如依靠电脑，那是年纪愈大愈同意的事情。

地铁让位定律

返港后，经常抱着十五个月大的小娃儿搭地铁，二十多磅，沉甸甸，抱到手臂酸疼。

偶尔有人让位，大乐。坐在车厢内，反正无聊，不如思考整理多日来的“被让位”经验，尝试从中找寻一些规则趋势。乃有“地铁让位定律”如下：

一、穿着打扮愈整齐光鲜的人，愈不愿意让位。

这是一条很准的定律。每次踏入地铁车厢，若见乘客排排坐，有人穿西装打领带俨然白领，有人着T恤牛仔裤像个蓝领，结果，起立让位给我和马雯的，一定是那位蓝领，白领根本连看都不看我。

不知是巧合抑或真的是“仗义每多屠狗辈”，每次皆如此。

二、中年人比年轻人勇于让位。

年轻人，尤其十八岁到二十二岁的青年，坐于车厢内，或闭起双眼听随身听，或与男女朋友咬耳朵，或低头独自猛看漫画书，总之，几乎“与世隔绝”。他们是不看人的。无意中看了一眼，亦马上闭上双眼继续听随身听，马上转头继续咬耳朵，马上低头继续看漫画。车厢内任何事情都与他们不相干。

中年人，即使是正在看报纸或聊天，亦常会抛下报纸或暂停话题，霍然起立让位。难道他们看看马雯，突然想起“十大以小为尊”的人间道理？突然忆起自己曾经抱孩子的痛苦经历？

三、 男人比女人勇于让位。

可能基于“英雄式自觉”，有些男人起立让位时，很好笑，会深呼吸，挺起胸膛，昂起下颌，睁大双目，好像做了一桩英勇无比的事似的，好像全世界都在为他拍掌叫好似的。当然，尽管好笑，我和马雯仍然感激。

四、 起立让位的人，通常会马上走往另一节车厢。

我觉得这是一种很有趣却带着几分可悲的“港式让位文化”：许多人不是不肯让位，而是不敢让位，似乎怕让了位会被人嘲笑“戆居”（注：粤语中指人愚笨）。

人与人之间似乎没有信任，不相信好心会有好报，不相信做完好事会被感激。于是，眼睛望望我，又望望地面，犹豫不让。

即使鼓起勇气起立让位，亦马上步往另一车厢，仿佛不想被人看到自己让位。唉，何必呢？再说一次，希望曾经让位给我和马雯的人看到这段话：

即使全世界笑你“戆居”，我和马雯是感激的。孔老夫子说“当仁不让”，马老夫子建议阁下：当仁“要”让啊！

看电影

陪小女孩看电影《波特小姐》。

《彼得兔》画册女儿看得不多，彼时在美国，倒是有一个叫《熊熊家族》的是她的最爱，前阵子画册都转送给朋友的三个女儿了，希望她们也看得欢天喜地。当然，这部电影的主角非彼得兔而是彼得兔的创造者、它的母亲——波特小姐。

波特小姐完全符合女儿目前心目中的“未来理想形象”，有创造力，有一座大的庄园，有独立的经济能力，当然，附加最后她也找到一个好伴侣。

这样的一个女性，不管她活在什么年代，许多女人都会对她构成一种“啊，如果我是她就好了！”的暗暗羡慕。当然，唯一的小小缺陷可能是她没有惊人的美貌，但，那又有什么关系呢？女人不在乎美不美，重要的是她找到懂得欣赏她的男人。

小女孩这两年迷上电影，我很久以前就梦想，可以和她一同上电影院看戏，之前是陪她看迪士尼、梦工厂的卡通及儿童片；现在，她可以和我们看《洛奇》《女王》，甚至《香水》了。有些演员的名字，她比我们更熟悉。看到喜爱的电影，上网查一堆资料，可以说出背景和演员演过什么戏。当然她还是初入门，导演只知一两个，看完戏也只是简单地说喜欢不喜欢。但观影的经验和阅读的经验一样，是浸泡来的，你一个人静静地，孤独地，没有派对，没有喧哗，没有直接的对话，是冷清的空气令你倒吸一口气，闻到什么是什么，谁人都不能替代。

往往由电影院出来，她拖着我的手，有一种满足之感，遂静默。但小女孩最令人讨厌的是，在电影院常要一包薯条（我的错，那时诱骗她跟我们看电影，是用一包薯条或一只热狗），如今成了习惯，咔咔地吃，叫我瞪眼。

又，看到不明白之处便迫不及待地发问，我常不耐烦地嘘她，一点看电影的好习惯都没有。

三个人看电影成了一项最平常不过的家庭活动，别的家庭去聚会爬山，我们则买票看电影。以后，或很久之后，当她一个人进电影院看电影之时，她会记得吧，那光影之中，夹杂着另外两个人影，其后，希望她在情人节收到的卡片中写道“Love（爱）是永远一起看电影”。小女孩最近过生日，这是我能给予的生日祝福，唯此而已。